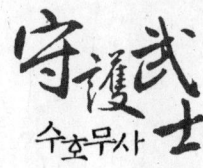

수호무사 2

각사 新무협 판타지 소설

초판 1쇄 찍은 날 § 2011년 4월 13일
초판 1쇄 펴낸 날 § 2011년 4월 21일

지은이 § 각사
펴낸이 § 서경석

총괄팀장 § 유경화
편집책임 § 어정원
편집 § 주소영

펴낸곳 § 도서출판 청어람
등록번호 § 제1081-1-89호
등록일자 § 1999. 5. 31
어람번호 § 제2-2077호

주소 § 경기도 부천시 원미구 심곡2동 163-2 서경B/D 3F (우) 420-822
전화 § 032-656-4452 팩스 § 032-656-4453
http://www.chungeoram.com
E-mail § chungeoram@chungeoram.com

ⓒ 각사, 2011

ISBN 978-89-251-2486-5 04810
ISBN 978-89-251-2484-1 (세트)

※ 파본은 구입하신 서점에서 교환하여 드립니다.
※ 저자와 협의하여 인지를 붙이지 않습니다.
※ 이 책은 도서출판 청어람과 저작자의 계약에 의해 출판된 것이므로,
   무단 전재 및 유포·공유를 금합니다.

守護武士
수호무사
②

각사 新무협 판타지 소설
FANTASTIC ORIENTAL HEROES

目次

제1장	시간이 흐르다	7
제2장	은영들을 깨우다	35
제3장	복마전으로 들어가다	63
제4장	가오성을 기다리다	91
제5장	호위무사가 되다 (상)	113
제6장	호위무사가 되다 (하)	153
제7장	복마전의 중심에 서다	177
제8장	적령과 맞서다	205
제9장	천주를 가슴에 새기다	231
제10장	단필엽을 만나다	257
제11장	북호정을 비질하다	281

第一章　시간이 흐르다

수호무사

폐가가 되어버린 어느 관제묘로 이주하가 들어섰다.
그 몰골은 말이 아니었다.
한눈에 봐도 폐인과 다름없는 모습.
손질도 안 한 흑발이 어깨까지 치렁하게 흘러내렸고, 의복은 남루하기 그지없었다.
움푹 꺼진 두 볼하며, 퀭한 두 눈하며.
예전 훈련대장의 모습은 온데간데없었다.
하지만 그의 두 눈은 살기로 번들거렸다.
"……."
주위는 온통 고요와 어둠뿐이었다.
칠흑의 어둠을 꿰뚫는 이주하의 눈매가 매섭기 그지없었다.
자신을 유인하기 위한 함정인 줄 뻔히 알면서도 나설 수밖에 없었다.

"……"

북호정으로 돌아왔을 땐 이미 용노야는 사라진 후였다.

조금만 더 빨리 왔더라면 용노야를 지킬 수 있었을 텐데.

하늘이 무너지는 느낌이었다.

온몸에 힘이 쭉 빠졌다.

용노야가 기거하던 방 안에서 얼마나 울분을 집어삼키며 통곡하였던가.

밤을 새워 오열하고 분노했다.

그날 이후로 이주하는 사라진 용노야의 흔적을 찾기 위해 미친 사람처럼 날뛰었다.

용노야와 이주하의 관계를 익히 알고 있던 철혈무가의 식솔들은 그런 이주하의 마음을 십분 이해했다.

심지어 철혈무가의 실질적 가주인 염화탁조차도 그런 이주하를 제지하지 않았다.

하지만 이주하는 사라진 용노야의 흔적을 결코 찾을 수 없었다.

그 생사조차도 확인할 길이 없었다.

그럴수록 이주하는 점점 더 미쳐 갔다.

그런데 어제,

이주하에게로 한 통의 서찰이 날아들었다.

서찰엔 간단한 몇 마디의 내용만 쓰여 있었다.

물론 그 내용은 용노야에 관한 것이었다.

"……"

이른 봄.

스산한 밤바람이 살갗을 싸늘히 파고들었다.

제법 찬바람에 어깨를 움츠릴 법도 하련만, 이주하의 시선은 오직 전방의 한 점만을 바라볼 뿐이었다.

그 점이 점점 커지고 있었다.

그리고,

"제가 좀 늦었구려."

어둠을 뚫고 허물어가는 관제묘로 한 사내가 들어섰다.

사내는 음서서와 밀담을 나누던 적여립이었다.

"……."

이주하는 아무런 말도 하질 않았다.

용노야에 대한 걱정으로 지금껏 제대로 된 식사도, 제대로 된 잠 한번 이루질 못한 그다.

그럴수록 그의 분노는 점점 더 커져만 갔다.

"북호정을 건드린 놈이 너더냐?"

이주하의 입에서 스산한 음성이 흘렀다.

"어찌하다 보니 일이 그렇게 됐구려."

"음가 년이 시킨 일이냐?"

음서서를 년이라 부르는 이주하.

그의 분노가 얼마나 큰지 알 수 있었다. 이에 적여립의 입꼬리가 슬쩍 올라갔다.

"그녀 말고 또 누가 이런 짓을 저지르겠소."

"그래서 받은 대가가 무엇이냐?"

"금자요."

"그랬구나."

이주하가 작게 중얼거렸다.

그런 그를 바라보던 적여립이 귀찮은 듯 입을 열었다.

"긴말은 서로 불편하기만 할 텐데, 바로 본론으로 들어갑시다. 어떠시오? 아무래도 그게 낫지 않겠소?"

시종일관 여유로운 태도를 보이는 적여립.

반면 이주하는 초조하기 그지없었다.

용노야에 대한 걱정이 더해져 그러했다.

이런 점으로 미루어볼 때 첫 대면의 승자는 적여립이라 할 수 있었다.

"우선 제가 원하는 것을 먼저 말하는 것이 순서일 듯싶군요. 제가 원하는 것은, 물론 훈련대장께서도 익히 짐작하고 계실 테지만 바보 윤입니다."

적여립이 단도직입적으로 말했다.

순간 이주하의 두 눈에 짙은 의문이 떠올랐다.

적여립이 바보 윤을 거론한 순간의 일이었다.

"나에게서 원하는 것을 가져가고 싶다면 노야의 안위부터 증명해라."

이주하가 싸늘한 음성으로 말했다.

"어떻게 증명하오리까. 그대를 용노야가 있는 곳으로 데려가오리까, 아니면 용노야를 이곳으로 데려오리까. 이거야 원! 훈련대장, 지금 앞뒤 분간이 안 되는 것이오? 그대가 나에게 요구할 수 있는 조건은 애초부터 없었소이다. 조건은 내가 제시하고 내가 결정할 문제요. 정녕 이 사실을 모른단 말이오? 그렇다면 정말 답답한 노릇이구려."

적여립이 어이없다는 듯 실소를 흘리며 말했다.

대화의 주도권을 쥔 사람은 분명 적여립이었다.

이주하로서는 대화가 마음에 들 든 들지 않든 그가 제시하는 조건을 따를 수밖에 없는 상황이었다.

"뭐, 훈련대장께서 정히 원하신다면 용노야의 안전을 보여 드릴 수도 있지만, 그런데 자신있소? 나를 따라갈 자신은 있냐는 말이오?"

이미 승패가 결정 난 싸움이란 사실을 알고 있는 적여립.

그가 이주하의 심기를 슬슬 건드렸다.

"용노야의 안위를 먼저 증명해 달라? 하하! 그런 말을 하기 이전에 내가 누구인지 알고나 있소? 내가 누구인지도 모르면서 감히 나를 따를 용기가 있다? 후후후, 갑자기 궁금해지는군요, 정말 나를 따라갈 자신이 있는지. 혹 목숨을 잃을지도 모를 텐데 말이오."

적여립이 말꼬리를 올리며 말했다.

어느 쪽으로 결과가 나오든 이주하로서는 손해일 수밖에 없었다.

정말 적여립의 말마따나 죽을 수도 있는 일이었다.

"......"

순간 이주하의 머릿속으로 고민이 스쳤다.

우선 용노야의 안위를 확인하는 것이 급선무였다.

그렇다면 당연히 저 앞의 사내를 따라나서야 했다.

하지만 무턱대고 따라나설 수도 없는 노릇이었다.
이주하로서는 이러지도 저러지도 못하는 아주 난감한 상황이 아닐 수 없었다.
그러던 어느 순간,
이주하가 싸늘한 눈빛을 빛내며 굳게 닫혀 있던 입을 열었다.
"가지."
"후후후."
짤막한 이주하의 말에 적여립이 만족한 듯 웃음을 지었다.
"듣던 대로 대단한 강단이십니다. 한데 다시 생각해 보니 아무래도 이건 내게 손해가 나는 장사인 것 같습니다."
적여립이 매끈한 콧날을 만지작거리며 고민스럽다는 듯 말했다.
그 모습에 이주하가 어금니를 꽈득 깨물었다.
마음 같아선 당장에라도 달려가 저 면상을 뭉개 버리고 싶었다.
하지만 그럴 수가 없기에 들끓는 살기를 억눌렀다.
그런 그에게 적여립이 다시 입을 열었다.
"몇 가지 알고 싶은 것이 있는데, 아무래도 훈련대장께서 저를 위해 먼저 답을 좀 해야 할 것 같소. 바보를 쫓던 제 수하, 아홉이 아직까지 돌아오지 않고 있소. 수많은 수하들이 그들을 찾기 위해 온갖 고생을 다했지만, 우습게도 모두가 헛수고였소. 전력을 다해 찾았는데 그들의 흔적조차 찾질 못하다니. 후후후, 죽었다는 말이겠지요. 그리고 그대 말고 또 다른 조력자가 있다는 말이겠지요. 아니 그렇겠소? 그들이 누구요? 내 수하들을 죽인 자가 누구냔 말이오. 훈련대장께서는 알고 있을 것이 아니오. 바보와 중전무사 가오성을 탈출시킨 장본인이 바로 그대이니 말이오."

온화하던 적여립의 눈매가 사뭇 날카롭게 빛났다.

"……"

아무런 대답도 못하는 이주하.

당연했다.

이주하로서는 처음 듣는 말이었기에.

'대체 누가?'

이주하의 눈썹이 순간 꿈틀거렸다.

윤과 가오성이 정상적으로 탈출했다면 분명 자신에게 기별이 왔어야 옳다.

하지만 지금껏 그 어떤 기별도 받지 못한 이주하였다.

아니, 기별이 왔다.

그들이 지금껏 도착하지 않았다는 기별이.

마음이 아팠지만, 이는 그들의 죽음을 의미했다.

그래서 이미 그들의 죽음을 기정사실로 받아들인 이주하였다.

그런데,

'살아 있다는 말인가?'

이주하가 내심 중얼거리며 기대감을 드러냈다.

"나도 모르는 사실이다."

솔직히 금시초문이었기에 이주하가 자신있게 대답했다.

"정말 모르는 사실이요?"

적여립이 의심 어린 눈초리로 다시 물었지만, 이주하의 대답은 변함없었다.
"훈련대장께서 정녕 모르는 일이라면 일이 참으로 재미있게 굴러가는군요. 후후."

*   *   *

막 터질 것 같은 꽃망울들이 무척 예뻤다.
남에서 불어온 봄바람에 꽃망울들이 살랑살랑 예쁜 춤을 췄다.
무유화가 그들의 춤을 가만히 바라봤다.
그녀의 모습은 봄날 꽃망울을 보듯 참으로 고왔다.
하지만 그 표정은 한겨울의 그믐처럼 어둡기 그지없었다.
"망울이 터지면 엄청 예쁠 거예요. 날이 이리도 따뜻하니 그 모습을 곧 볼 수 있겠죠. 호호!"
소은이 쾌활한 음성으로 호들갑을 떨었다.
이렇게라도 하지 않으면 무유화의 웃음을 영영 볼 수가 없을 것만 같았기 때문이다.
"아가씨, 요것 보셔요. 앙증맞은 것이 꼭 저 닮지 않았어요?"
소은이 주위의 꽃망울들에 비해 유독 작아 보이는 꽃망울 곁에 자신의 얼굴을 가져다 대며 말했다.
끄덕.
무유화가 힘없이 고개를 끄덕였다. 이제는 그 말수까지 점점 줄어들고 있었다.

저러다 입을 아예 닫아버리는 건 아닐까.
소은은 초조할 수밖에 없었다.
그래서였다.
소은이 무유화 앞에서 쉬지 않고 조잘대는 것도 바로 이런 이유 때문이었다.
'북호정에도 꽃망울이 맺혔을 텐데…….'
무유화가 힘없이 고개를 들어 북호정이 있는 북쪽 하늘을 바라봤다.
정원을 가꾸시던 할아버지의 모습이 그리웠다.
함박웃음을 지으며 비질을 하는 바보무사가 너무도 그리웠다.
언제나 웃으며 자신을 반겨준 할아버지와 윤이 너무도 그립고, 보고 싶었다.
하지만 만날 수도, 볼 수도 없었다.
'할아버지, 어디 있는 거예요. 윤아, 어디 있는 거야. 나만 이렇게 홀로 남겨두고 어딜 그리 바삐 간 거야. 지켜준다고 했잖아. 내 옆에 항상 있어준다고 했잖아. 언제까지나, 언제까지나 내 옆에 항상 있어준다 했잖아. 거짓말이었던 거야? 모두가, 모두가 거짓말이었던 거야?'
온통 자신을 감시하는 눈들뿐이었다.
지금 이 순간에도 중전의 무사들이 자신의 거치인 월하정 주변을 맴돌고 있었다.
정말 의지할 곳이 더 이상 존재하지 않았다.
훈련대장도 이젠 볼 수가 없었다.

보름 전 찾아와 다녀올 곳이 있다고 말한 뒤 그의 모습을 볼 수가 없었다.

철혈무가의 그 누구도 사라진 훈련대장을 찾지 않았다.

아니, 관심조차 보이질 않았다.

훈련대장이란 직책도 버리고 미쳐 날뛰는 그를 온전한 사람으로 본 이는 없었다.

하지만 무유화는 알고 있었다.

그는 미친 것이 아니라 죄송해하고, 아파하고, 분노하고 있다는 것을.

'왜 모두들 나만 남겨놓고 떠나는 거예요. 왜 나만 남겨놓고 떠나는 거냐구요. 왜, 왜……'

북호정이 사라진 후 매일매일 악몽이었다.

밤마다 사지가 잘린 윤의 모습이 꿈속에 떠올랐다.

아프다고, 살고 싶다고 눈물을 흘리며 그가 울부짖었다.

그에게 다가가려 해도 온몸이 굳어 움직일 수가 없었다.

천 근의 바위가 어깨를 짓눌러 도저히 움직일 수가 없었다.

그럴 때면 피눈물이 흘러내렸다.

윤이 죽어가는 모습을 지켜볼 수밖에 없는 자신이 죽이고 싶을 정도로 미웠다.

현실이 아니야, 이건 현실이 아니야, 고함을 질러도 악몽은 쉽사리 깨지질 않았다.

그렇게 악몽에 시달리다 깨어나면 온몸이 땀으로 축축했고, 가슴께가 눈물로 흥건했다.

그 눈물로 부족했기에 밤새 소리없이 흐느꼈다.

"아가씨, 울지 마셔요. 잘 지내고 있을 거예요. 용노야께서도, 윤이도 모두 잘 지내고 있을 거예요. 믿으셔야죠, 그 누구보다 아가씨께서 먼저 믿으셔야지요. 아가씨께서 먼저 약해지시면 어떡해요."
 소은이 무유화의 두 볼로 흐르는 투명한 눈물을 쳐다보며 울먹거렸다.
 그 음성에 무유화가 두 볼 위로 흐르는 눈물을 훔쳤다.
 "그래, 분명히 살아 있을 거야. 그리고 분명히 돌아올 거야. 나를 지켜준다고 그랬거든. 영원히 나를 지켜준다고 했거든. 윤이가 그랬거든."

*   *   *

모두가 잠든 으슥한 새벽녘.
음서서의 거처엔 은은한 빛이 일렁였다.
"고생했습니다."
음서서가 만족한 미소를 지으며 말했다.
"넣어두세요."
"이러시지 않아도 됩니다."
적여립이 음서서가 내미는 전표를 도로 밀어내며 말했다.
"개인적으로 고마워 그러는 것입니다. 사양치 마세요."
"이러시면 제가……. 어쨌든 고맙습니다."
적여립이 어쩔 수 없다는 듯 전표를 챙겨 품에 갈무리했다.
"앓던 이를 뺀 것처럼 속이 다 후련합니다. 얼마나 본가를 휘

젓고 다녔는지 아주 눈엣가시였어요. 지금까지 기다리느라 아주 애를 먹었답니다."
"분위기는 어떻습니까?"
적여립이 물었다.
이주하가 사라진 후의 분위기를 묻는 질문이었다.
"좋지요, 아주 좋답니다. 당연한 일 아니겠습니까. 그 막중한 직책도 무책임하게 버리고 폐인처럼 살던 그를 그 누가 있어 찾겠습니까. 미쳤다는 말까지 나도는 이 마당에. 호호!"
음서서가 유쾌한 듯 웃었다.
"그것참, 다행이군요. 가주께서는 어떠십니까?"
"당연히 착잡하시겠지요. 과거의 연을 끊기가 어디 쉽겠습니까. 하나 세상이 바뀐 이 마당에 과거의 인연에 계속 연연할 순 없질 않겠습니까. 조만간 꿋꿋이 떨치고 일어서실 것입니다."
"음 부인의 말씀, 백번 지당하십니다."
적여립이 고개를 크게 주억거리며 음서서의 기분을 한층 돋우었다.
"어쨌든 큰일을 하셨습니다. 쉬운 상대가 아니었을 텐데."
"대가가 큰 만큼 그 정도는 각오하는 것이 당연한 일이 아니겠습니까."
"호호! 또 그런 건가요."
유쾌한 웃음이 끊이질 않았다.
하지만 음서서가 모르는 것이 하나 있었다.
적여립은 그녀가 생각하는 것처럼 그리 만만한 사내가 아니었다.

음서서에게는 치열한 사투 끝에 그를 제거했다 말했지만, 사실은 몇 마디의 말로 이주하를 사로잡은 그였다.

그 머리가 음서서 못지않게 영악한 사내였다.

"그나저나 일은 어찌 진행되고 있습니까?"

"음 부인의 세심한 배려로 다행스럽게도 모든 준비를 무난히 마쳤습니다. 음 부인께서 결단만 내리시면 곧바로 대법을 시행할 수 있을 것입니다."

"고생하셨습니다, 정말 고생하셨습니다."

음서서가 정말 감사하단 표정을 지었다.

그런 그녀에게 적여립이 조심스럽게 입을 열었다.

"혹시나 해서 묻는 건데……."

"무엇이든 물어보세요."

음서서가 상냥한 표정으로 입을 열었다.

"진정 독단으로 일을 처리할 생각이십니까?"

"만약 가주께서 이 일을 아신다면 부심의 목숨을 장담할 수 없습니다. 지금까지 어렵게 준비한 일들입니다. 한순간 물거품으로 만들 수는 없질 않겠습니까."

음서서가 웃음기를 싹 지우곤 말했다.

"으음."

적여립이 가벼운 한숨을 내쉬었다.

"그럼 그리 알고 있겠습니다. 그나저나 언제쯤 염 공자를 데려갈 수 있겠습니까?"

"부심이 또한 이날만을 손꼽아 기다리고 있을 터인데 더 기다릴 것이 무에 있겠습니까. 준비를 모두 마쳤다 하니 오늘이라도 당장 부심이에게 이 기쁜 소식을 알릴 것입니다."

적여립이 미소를 지으며 가볍게 고개를 끄덕였다.

"그나저나 시술의 기간은 어느 정도입니까?"

음서서가 표정을 굳히며 물었다.

그에 적여립이 난감한 낯빛을 보였다.

"편히 말씀하세요."

음서서가 재촉했다.

"적어도 일 년, 길면 수년입니다."

"그게 무슨 말입니까? 처음의 말과 다르질 않습니까. 그땐 길어도 석 달이라 하질 않았습니까?"

음서서가 황당한 표정으로 입을 열었다.

"예전의 방법대로 시술한다면 석 달이면 족했을 일입니다. 하지만 음 부인께서 건네주신 역천대법서의 후서를 찾은 이상, 완벽한 시술을 전개할 생각입니다."

적여립이 완벽이란 말을 강조하자, 음서서의 표정이 다소 부드러워졌다.

철혈무가를 이끄는 여장부이기 이전에 그녀도 한 명의 어머니였기 때문이다.

하지만 그녀의 표정 한구석엔 여전히 어두운 그늘이 드리워 있었다.

"음 부인께서 아시다시피 예전 시술은 반쪽짜리 시술일 뿐이었습니다. 당연히 예기치 않은 부작용이 빈번히 발생했지요. 하나 완벽한 역천대법으로 시술할 경우엔 전혀 부작용이 일어나지 않습니다. 시술의 기간이 긴 것이 흠이지만, 그 정도는 감내

해야 할 것입니다."

"그래도……."

음서서가 난감한 듯 말끝을 흐렸다.

전혀 예상치 못한 상황이었다.

석 달이라면 본가의 이목을 충분히 속일 수 있었지만 일 년이라면 문제가 발생할 소지가 충분했다. 그런데 수년이 될 수도 있다니.

"……."

음서서의 고민은 깊어만 갔다.

당연히 침묵도 길어졌다.

"좋소. 기다리지요. 수십 년인들 못 기다리겠습니까. 하나 기간이 길어진 만큼 더욱 완벽해야 할 것입니다. 납득할 만한 결과를 가져와야 한단 말입니다. 알겠습니까?"

음서서가 긴 침묵을 깨고 단호한 음성으로 말을 했다.

"여부가 있겠습니까."

"성공만 한다면 약속대로 백도련의 일좌를 그대의 가문께 내어드릴 것입니다."

"이 적 모, 음 부인의 은혜 결코 잊지 않을 것입니다."

적여립이 음서서를 향해 깊게 고개를 숙였다.

쾅!

그 분노가 얼마나 컸는지 내력도 실리지 않은 주먹질에 자단목으로 짠 탁자가 쩍 갈라졌다.

"지금 그걸 말이라고 하는 게요!"

음서서를 향한 염화탁의 분노가 하늘을 찔렀다.

"……."

음서서는 아무런 말도 할 수 없었다.

염화탁과 아무 상의 없이 독단적으로 저지른 일이었기에 입이 열 개라도 할 말이 없었다.

하지만 음서서는 결코 후회하지 않았다.

"역천대법이라니? 역천대법이라니! 부인이 지금 무슨 일을 저질렀는지 알고나 있소!"

"어미인 제가 제 새끼가 죽어가는 걸 어찌 가만히 지켜볼 수만 있단 말입니까. 저인들 그러고 싶어 그랬겠습니까. 천하를 뒤져도 그 방법이 없거늘, 누군 하고 싶어 했겠느냔 말입니다."

음서서가 끝내 참았던 울음을 주르륵 흘렸다.

"그대가 미쳐도 단단히 미쳤구려!"

음서서의 눈물에 동정을 보일 만도 하련만, 염화탁의 노기는 식을 기미가 없었다.

"부심이는 지금 어디 있소?"

염화탁이 노기를 애써 삼키며 부들부들 떨리는 음성으로 물었다.

"모릅니다."

"당장! 말하지 못하겠소!"

염화탁이 어금니를 꽈득 깨물며 다시금 노성을 터뜨렸다.

"제 목숨을 거두신다 해도 말해 드릴 수 없습니다."

"이, 이, 이……."

염화탁의 몸뚱이가 뜨거운 불길에 휩싸인 것처럼 이글이글

타올랐다.
 자신도 모르게 극성의 내력을 끌어올렸던 까닭이다.
 음서서에게 역천대법이란 말을 듣는 그 순간부터 염화탁의 뇌는 더 이상 이성적인 활동을 할 수가 없었다.
 그런 염화탁에게 음서서가 의미심장한 말을 내뱉었다.
 "왜 모른 척하십니까. 상공께서 유도한 일이 아닙니까? 이미 이렇게 될 줄 아시지 않았느냔 말입니다."
 "뭐, 뭐요?"
 "아무것도 모르는 저였습니다. 그저 허약한 아이라 생각했을 뿐입니다. 하나 상공께서는 알고 계셨습니다. 이미 부심의 상태를 알고 계셨기에 힘들었던 것 아닙니까."
 그랬다.
 음서서가 염부심의 상태를 알기 이전에 염화탁은 염부심에 대한 모든 것을 알고 있었다.
 그래서 힘들고 미안했다.
 아비로서 해줄 수 있는 것이 아무것도 없었기에.
 "상공께서는 자신이 없었던 것입니다. 살리고는 싶지만, 용기가 없었던 게지요. 그래서 술기운을 빌어 제게 그 사실을 흘리신 것이 아닙니까. 제가 대신 해줄 것이라 믿었을 테지요. 제 말이 틀렸습니까? 제 말이 틀렸느냔 말입니다!"
 "으, 으으……."
 염화탁은 아무런 대꾸도 할 수가 없었다.
 음서서가 자신의 마음을 한 점 틀림없이 너무도 적나라하게 까발렸기 때문이다.

술기운을 빌어 하소연을 했던 것이 사실이다.

마음 한편으로 음서서가 자신을 대신해 그 일을 저지르기를 바랐던 것이다.

하지만 음서서가 정말 이 일을 저지를 것이라고는 결코 생각하지 못했다.

그런데,

"하아······."

염화탁의 입에서 장탄식이 터져 나왔다.

그러다 문득 떠오른 생각에 염화탁이 안면을 잔뜩 굳히며 물었다.

"설마! 북호정의 일도 당신이 저지른 것이오?"

염화탁은 제발 음서서에게서 아니란 말이 나오길 바랐다.

북호정만은 자신이 저지른 일이 아니라고, 결코 아니라고 음서서가 말해주길 간절히 바랐다.

그런데,

"그렇습니다. 제가 그랬습니다. 부심이를 살리기 위해 제가 그런 것입니다. 부심이만 살 수 있다면, 제 아들이 살 수 있다면 어미인 제가 무엇인들 못하겠습니까. 그곳이 지옥일지라도 가야지요."

음서서가 더 이상 감출 것도 없다는 양 체념한 듯 길게 중얼댔다.

그 모습에 염화탁의 고개가 절로 들려졌다.

"하아······. 어, 어찌 이런 일이······."

'모두가 내 불찰이로다. 모두가······.'

　　　　*　　　*　　　*

 칠흑의 어둠 속으로 마차 한 대가 내달리고 있었다.
 대지에 박힌 돌들을 무섭게 바스러뜨리며 달리는 마차.
 다급한 일이라도 있는 것일까.
 그 속도가 가히 번개처럼 빨랐다.

 어둠을 질풍처럼 내달리던 마차가 멈춘 곳은 어느 객잔 앞이었다.
 인적이 느껴지지 않는 한적한 곳이었다.
 척—
 마차에서 내린 마부가 어둠 속의 한 사내에게 공손히 예를 취했다.
 사내는 적여립이었다.
 "수고했다. 넌 지금 즉시 본 문으로 돌아가라. 난 나흘 뒤 염 공자와 함께 출발할 것이니 그리 전하라."
 "대공자의 명을 받습니다."
 마부가 적여립에게 다시 한 번 깊은 예를 취하곤 쏜살처럼 마차 위에 올라탔다.
 적여립이 그런 그를 힐끗 일견하곤 마차에서 내린 염부심에게 가볍게 포권을 취하며 입을 열었다.
 "이 먼 곳까지 오시느라 고생 많으셨습니다. 적여립이라고 합니다. 지금부터는 이 적 모가 염 공자를 모실 것입니다."

"어머니께 말씀 많이 들었습니다. 염부심이라 합니다."
"새벽 공기가 많이 찹니다. 우선 안으로 드시지요."

향긋함과 훈훈함이 정갈한 객실을 휘감았다.
염부심이 따듯한 찻잔을 두 손으로 감싸곤 주위를 두리번거렸다.
"지금껏 철혈무가를 떠난 적이 단 한 번도 없다 들었습니다. 모든 것이 많이 생소하실 것입니다."
"조금은……."
약관이 되도록 새장 속의 새처럼 살아온 염부심.
적여립의 말처럼 별것도 아닌 것들이 모두 생소하게 느껴졌다.
그 마음을 모를 리 없는 적여립이 부드러운 미소를 지으며 입을 열었다.
"지금은 많이 불편하시겠지만, 금방 적응되실 것이니 마음을 편히 가지십시오."
"네, 그리하겠습니다."
염부심이 공손히 말했다.
하지만 그의 눈빛은 여전히 불안감에 젖어 있었다.
"음 부인에게 대략적인 정황은 들으셨을 테지요."
적여립이 어색한 분위기를 깨며 조심스럽게 입을 열었다.
"예, 대충은……."
"혹시나 하여 다시 한 번 말씀드리겠습니다."
적여립의 말에 염부심이 고개를 끄덕였다.

"절맥지체란 말을 들어보셨습니까?"

적여립이 묻자, 염부심이 살짝 인상을 찌푸렸다.

절맥지체라니, 처음 듣는 말이었다.

하지만 느끼는 바가 있었던지 영특한 염부심이 곧바로 물었다.

"절맥지체라는 것이 지금 제가 고치려 하는 병명입니까?"

"그렇습니다."

"그렇군요. 제가 안고 있는 병이 절맥지체란 것이었군요."

지금껏 자신의 병명조차 몰랐던 염부심이 맥없이 중얼거리곤 다시금 물었다.

"절맥지체란 것이 어떤 병입니까?"

"병이라기보단 어떤 체질을 뜻하는 말입니다."

염부심으로선 난생처음 듣는 이야기였다. 그의 눈빛이 긴장감으로 일렁거렸다.

그런 그를 바라보며 적여립이 말을 이었다.

"절맥지체는 혈맥이 끊어지는 체질을 두고 이르는 말인데, 작은 외상과 내상에도 곧바로 반응을 보이는 아주 희귀한 체질입니다. 그 무서움이 너무 커 하늘의 저주라 일컫기도 하는데, 세간에 알려진 바로는 절맥지체를 타고난 사람 중 약관을 넘은 이는 아직 없다 전해지고 있습니다."

하늘의 저주라니.

약관을 넘긴 이가 없다니.

순간 염부심의 가슴이 덜컥 내려앉았다.

"그, 그럼 겨, 결국 제가 죽는단 말입니까?"

염부심이 두려운 음성으로 더듬더듬 물었다.
"아니, 죽지 않습니다. 이 세상에는 알려지지 않은 기이한 일들이 많이 있답니다. 앞으로 염 공자께서는 그 기이한 일들을 겪으실 것입니다. 그리고 다시 태어나실 것입니다. 염 공자께서 그토록 원하시던 건강한 신체로 말입니다. 후후."

적여립의 입가에 부드러운 미소가 맺혔다.

그 미소에 염부심의 두려움이 거짓말처럼 싹 사라졌다.

신기한 일이었다.

"염 공자를 위한 모든 준비를 마쳤으니 공자께서는 마음을 푹 놓으셔도 될 것입니다."

"어, 어찌 감사를 드려야 할지……."

"감사라니요. 당치 않습니다. 염 공자께서 감사를 드려야 할 사람은 제가 아니고 바로 어머니이신 음 부인입니다. 음 부인의 노고가 아니었다면 결코 있을 수 없는 일입니다."

"그, 그랬군요."

염부심의 고개가 절로 숙여졌다.

그런 줄도 모르고 어머니를 원망했던 자신이 부끄러웠던 까닭이다.

"염 공자께 하나 묻고 싶은 것이 있는데……."

"괘념치 마시고 무엇이든 말씀을 하십시오."

"곧 건강한 신체를 얻으실 터인데, 그 후엔 무엇을 하고 싶으십니까?"

건강한 신체라니.

염부심은 말만 들어도 절로 가슴이 벅차올랐다.

꿈에서나마 그릴 수 있었던 일이다.

그런데 그것이 눈앞의 현실로 다가온 것이다.

"더욱 강해지고 싶습니다."

염부심이 당찬 음성으로 대답했다.

"그 말씀은……."

"무가의 자식으로 태어나 검 한번 잡지 못한 몸입니다. 그것이 항상 부끄러웠던 저입니다. 차라리 창피함도 모르는, 아니, 아무것도 모르는 바보로 태어났더라면 하는 바람을 가진 적도 많습니다."

왠지 슬픔이 배어나는 음성이었다.

"만약 제가 다시 태어난다면 무가의 자식으로서 떳떳한 삶을 살고 싶습니다."

"무공을 익히고 싶단 말씀이군요."

"그렇습니다."

"으음……."

염부심의 대답에 적여립이 미간을 좁히며 가벼운 한숨을 내쉬었다.

그 모습이 불안했는지 염부심이 조바심을 내며 물었다.

"무슨 문제라도 있는 것입니까?"

"문제라면 문제겠지요."

"어떤……."

염부심은 뜸을 들이는 적여립의 태도가 답답했다.

그렇게 얼마의 시간이 흐르고,

"염 공자께 곧 시술할 대법은 천고의 기연이나 다름없는 대법입니다. 대법을 마치면 염 공자께서는 환골탈태에 버금가는 완벽한 신체를 얻으실 수 있을 것입니다."

환골탈태(換骨奪胎)라니.

염부심의 심장이 크게 들썩이는 것은 당연지사였다.

"그것이 왜 문제라는 것인지……."

염부심이 들썩이는 심장을 애써 진정시키며 물었다.

"문제는 내력입니다."

"……?"

염부심의 눈가에 의문이 어렸다.

"대법이 시행되는 순간부터 염 공자의 신체 속에 천령이라 일컬어지는 내력이 쌓이게 될 것입니다. 그 천령이 쌓이면서 절맥지체의 신체가 변화를 일으키는 것이지요. 문제는 바로 그 천령입니다."

"그것이 왜?"

염부심의 궁금증은 깊어만 갔다.

그런 그에게 적여립이 입을 열었다.

"천령의 신체를 가진 이가 익힐 수 있는 무공은 이 세상에서 단 하나밖에 없습니다."

"단 하나뿐이라니……. 그럼 본 문의 무공을 익힐 수 없다는 말씀이십니까?"

"그렇습니다."

적여립이 안타까운 표정으로 대답했다.

"……."

순간 어색한 침묵이 흘렀다.

침묵을 깬 사람은 염부심이었다.
"대체 그럼 그 하나뿐이라는 무공이 무엇입니까?"
염부심이 진지한 낯빛으로 물었다.
"본 문의 비전 절기입니다."

第二章 이여들을 깨우다

수호무사

먹성이 얼마나 좋은지, 벌써 몇 그릇째인지 모른다.
그럼에도 가오성의 손길은 멈출 기미가 보이질 않았다.
그렇게 서너 그릇을 더 비우고 나서야 가오성이 만족한 듯 자신의 배를 툭툭 건드리며 커다란 트림을 했다.
그 모습을 멀찍이서 바라보는 두 사내가 있었다.
한 명은 유운객잔의 객잔주인 건유운이었고, 또 한 명은 사십이 조금 넘어 보이는, 더없이 강인한 인상을 가진 사내였다.
윤과 가오성을 이곳으로 데려온 사내이기도 했다.
"어찌 보십니까?"
건유운이 물었다.
"많이 야위셨군."
"속하, 부족하여……. 면목이 없습니다."

사내의 말에 건유운이 죄송하다는 듯 고개를 숙였다.
그런 그에게 이번엔 사내가 물었다.
"유운, 네가 보기엔 어떠한가?"
"스스로 봉인을 푸신 것 같습니다."
"그렇다면 닫혀 있던 기억과 은영들의 존재도 깨어났을 터. 영주에게서 살성의 기운을 느낄 수 있었나?"
사내가 독백하듯 중얼거리곤 다시금 건유운에게 물었다.
"약하나마 살성의 기운을 느낄 수 있었지만, 속하의 소견으로는 위험한 정도는 분명 아니었습니다."
"으음."
건유운의 말에 사내가 짧은 신음성을 내쉬었다.
건유운의 말이라면 믿을 수 있었다.
은영들 중에서도 독보적으로 강한 실력을 소유한 은영사주 건유운이었다.
그 심성이 너무 착해 약하다 느껴질 뿐.
막상 그와 대결을 펼친다고 가정하면 사내조차도 그 승부를 장담할 수 없을 정도로 그는 강했다.
그런 그가 판단한 느낌이라면 사내 또한 똑같이 느꼈을 터였다.
'스스로 봉인을 푸는 것은 불가능하다. 내가 아니고서는 이 세상 그 누구도 영주께 가해진 봉인을 풀 수 없다. 영주께서 용혈검을 얻었다는 것은, 만약 이 또한 주군의 안배라면 어쩌면 시간을 앞당길 수 있음이다.'
사내가 내심 생각했다.

행여 불미스런 일이 일어날까 하루하루 노심초사하며 지냈는데 정말 다행이었다.

아무래도 용혈검의 영기가 윤이 스스로 봉인을 푸는 데 커다란 도움을 준 것임이 틀림없는 것 같았다.

'살성을 이겨내시며 스스로 봉인을 푸시다니. 영주, 정말 장하십니다.'

북받치는 감정에 사내의 목울대가 꿈틀거렸다.

전대 영주였던 무진강이 말하길, 윤이 가진 살성의 기운을 지우는 데 필요한 시간은 칠 년이라 했다.

만약 그전에 그에게 가해진 봉인이 풀리면 피에 굶주린 한 마리의 살인귀를 보게 될 것이라 경고했다.

그런데 스스로 봉인을 풀다니.

그저 놀라울 뿐이었다.

그때 건유운이 조심스럽게 물었다.

"주군께서 말씀하시길, 부영주만이 영주께 가해진 금계를 풀 수 있다 하질 않았습니까? 그런데 어찌 영주 스스로 봉인을 풀 수 있었는지 의문입니다."

"용혈검의 능력이라면 어쩌면 가능했을 수도……."

"용혈검이 아무리 영물이라 하나 어찌……."

건유운은 혼란스러웠다.

그런 그에게 사내가 중얼거리듯 말했다.

"살성이 극에 다다른 용혈검은 스스로 주인을 찾는다 했다. 그가 선택한 주인이 영주라면 용혈검 또한 살성으로 태어난 영주의 존재를 느꼈을 터. 영주께서 스스로 봉인을 풀 수 있도록 용혈검이 도와주었다는 느낌이 든다."

자신없는 음성이었지만 여전히 사내의 표정엔 믿음이 가득했다.

'바보로 살아오신 삶이 결코 순탄치는 않았을 터인데. 영주, 이렇게 잘 커주시다니 그저 감사할 뿐입니다. 먼저 가신 주군 또한 이렇게 훌륭히 커주신 영주를 보셨다면 크게 기뻐하셨을 것입니다. 그러니 조금만 더 참아주십시오. 힘드시더라도 조금만 더……'

사내의 마음은 간절했다.

그런 그에게 건유운이 입을 열었다.

"영주께서는 철혈무가로 다시 돌아갈 생각을 가지고 계십니다. 더 이상 머물 수 없는 위험한 곳입니다. 막아야 하질 않겠습니까?"

"아가씨가 계신 곳이다. 영주의 발길을 막을 수 있을 것 같나?"

"그건……."

사내의 물음에 건유운은 그 어떤 대답도 하지 못했다.

그런 그에게 사내가 두 눈을 일렁이며 강한 힘이 묻어나는 음성으로 명령했다.

"우리에게 영주를 지킨다는 것이 무엇을 의미하는지 너는 잘 알 것이다. 육은영으로 하여금 영주를 보필케 하라. 또한 중원에 퍼져 있는 모든 은영들에게 드디어 영주께서 깨어나셨다고 밀서를 전하라."

"사은영 유운, 부영주의 명을 받습니다."

사내의 말에 건유운이 낮지만 절도있는 음성을 내뱉었다.

*   *   *

홍등이 가득 걸린 뒷골목 밤거리는 언제 봐도 화려했다.
노적위는 그 밤거리 한편에 좁다란 좌판을 깔고 분내 진한 여인들에게 장신구를 파는 스물 중반의 남자였다.
세상이 뒤숭숭한 요즘,
장사가 영 시원찮은지 그의 안색이 영 편치 않아 보였다.
장신구 하나를 팔아봐야 이것 떼고 저것 떼면 남는 것도 없는데.
그럼에도 불구하고 큰 용기를 내어 오늘 그 값까지 낮췄지만 안타깝게도 장사는 별반 달라지지 않았다.
"휴우~"
노적위의 입에서 절로 한숨이 새어 나왔다.
오후 나절부터 좌판을 깔고 장사했음에도 장신구 다섯 개를 채 팔지 못했다.
그로서는 한숨이 나올 수밖에 없는 일이었다.
"그만 접자."
거리의 홍등이 점점 밝아지는 것을 느낀 노적위가 좌판 위의 장신구들을 정리하며 중얼거렸다.
그런데 그때, 분내를 진하게 풍기는 한 여인이 종종걸음으로 다가와 노적위를 향해 뾰족한 음성을 내뱉었다.
"벌써 접으시게요?"

"장사도 안 되고 더 팔릴 것 같지도 않고. 후후! 접을 땐 접어야 않겠습니까."

"항상 느끼는 거지만, 손재주가 좋으신 거 같아요. 정말 이 많은 장신구를 직접 만드시는 거예요?"

여인이 신기한 듯 장신구 이것저것을 만지작거리며 감탄을 터뜨렸다.

"휴우~ 손재주가 좋으면 뭘 하겠습니까. 팔리지도 않는데……."

"에게, 장사가 좀 안 된다고 사내가 한숨부터 내쉬면 어떡해요."

"그러게 말입니다."

여인이 귀여운 표정으로 노적위를 향해 슬쩍 눈을 흘기며 말했다.

그러자 노적위가 멋쩍은 음성을 내뱉었다.

노적위가 이 거리에 처음 좌판을 깔았을 때는 그래도 호감 가는 그의 외모 덕에 여인들이 꽤나 달라붙어 많은 장신구들을 사갔다.

하지만 모두가 옛말일 뿐이었다.

"안 되겠네. 땅이 꺼지는 봉변을 당하지 않으려면 나라도 하나 팔아줘야겠네."

"그, 그러실 필요까지는 없습니다. 그동안 팔아주신 것만 해도 그저 감사할 뿐인데."

노적위가 급하게 손사래를 치며 여인을 향해 난처한 표정을 지었다.

그래도 참 많이 팔아준 여인이다.

여인이 매번 이런 식으로 사간 장신구만 해도 집 안을 가득 채울 정도다.

"괜찮아요. 사실 어제 제법 벌었거든요. 세상이 이런데 제 손님들 발길은 오히려 더 잦아졌어요. 그나저나 이것도 예쁘고, 저것도 예쁘고. 하아~ 무엇으로 살까."

좌판 앞에 쪼그려 앉아 하얗고 기다란 손끝으로 콧잔등을 톡톡 건드리는 여인.

골똘히 고민하는 그녀의 모습이 참으로 고왔다.

"이걸로 할게요."

고운 여인이 마침내 고민을 털어내곤 한눈에도 예뻐 보이는 웃음을 지으며 말했다.

"매번… 정말 고맙습니다, 령령 아가씨."

"고맙기는요. 오히려 예쁜 장신구를 팔아줘서 제가 고맙지요. 얼마죠?"

"닷 푼입니다."

"닷 푼이요?"

여인이 놀라 되물었다.

"가격을 낮추면 좀 팔릴까 해서요."

"그렇다고 이 귀한 장신구를 그런 헐값에 팔면 어떡해요."

노적위가 뒷머리를 긁적이며 말을 하자, 여인이 고운 아미를 찡그리며 걱정스런 음성을 내뱉었다.

"안 돼요! 아무리 장사가 안된다지만, 그래도 제값은 받으셔야지요. 자, 여기요."

여인이 왼손에 꼭 쥐고 있던 철전을 노적위에게 내밀며 이번엔 당찬 음성을 내뱉었다.
"괘, 괜찮습니다."
"괜찮으니 받으세요."
"이거 염치도 없이……. 매번 죄송합니다."
"호호! 그렇게 죄송하면 언제라도 좋으니 식사라도 한 끼 사 주셔요."
"그, 그럴까요? 하하!"
노적위가 어쩔 수 없다는 듯 여인이 내민 철전을 두 손으로 공손히 받아 챙기며 멋쩍은 웃음을 지었다.
"보기… 조오옷네."
그 순간 어디선가 주향 가득한 음성이 들렸다.
그에 노적위와 여인의 고개가 동시에 돌려졌다. 그들의 시야로 저 멀리 오늘도 거하게 취한 왕규가 휘청휘청 갈지자로 걷고 있는 모습이 보였다.
"그럼 저 먼저 들어갈게요. 다음에 또 봐요, 잘생긴 아저씨."
여인이 못 볼 것을 봤다는 양 황급히 자리를 털고 일어나 노적위를 향해 한쪽 눈을 찡끗하곤 도망치듯 서둘러 자리를 떴다.

툭! 툭!
왕규가 좌판의 한쪽 끝을 발끝으로 건드리며 노적위를 째려 봤다.
그러다 어깨가 뻐근한지 목을 빙글빙글 돌리며 아주 거만한 어투로 말했다.

"많이 벌었냐?"
"그게… 오늘은……."
"오늘은 뭐? 요즘 너 좀 그렇다?"
"그게……."
잔뜩 긴장한 노적위가 겁에 질린 듯 말끝을 흐렸다.
왕규라 하면 이 밤거리를 지배하는 파락호 무리 중 상위 서열을 자랑하는 인물 중 하나다.
아무 주루나 들어가 돈도 내지 않고 술을 마실 정도이니, 그가 가진 위세가 얼마나 대단한지 익히 짐작하고도 남을 일이었다.
"장사하기 싫어?"
"그, 그럴 리가 있겠습니까."
"그럼? 오늘도 나 계속 이렇게 서 있어야 되냐?"
왕규가 으름장을 놓듯 말했다.
무척 당당한 모습, 신장도 작지 않아 더욱 위험해 보이는 그였다.
노적위가 그런 그를 힐끔거리며 고민했다.
하지만 그것도 잠시.
"여기……."
노적위가 품을 뒤져 묵직한 철전을 왕규에게로 내밀었다.
오늘 장신구를 팔아 모은 돈이었다.
"……."
왕규가 두 눈을 게슴츠레 내리깔며 노적위로부터 건네받은 돈을 헤아렸다.

은영들을 깨우다 45

"좀 적네. 뭐 어쩌겠냐, 모두가 힘든 세상인걸. 이럴 때일수록 서로의 마음을 더욱 헤아려 줘야지. 안 그러냐?"

"지당하신 말씀입니다."

"큭큭, 역시 넌 뭘 좀 알아. 그나저나 가만 보자. 그래! 요놈, 요거 예쁘네. 요즘 간간이 년이 참 마음에 들더란 말이지. 가져가도 되냐?"

"하하! 여부가 있겠습니까. 당연히 가져가셔야지요."

매번 당하는 일이었지만, 그래서 자존심이 상하고 억울했지만, 어쩔 수 없었다.

"……."

노적위가 멀어져 가는 왕규의 등을 뚫어져라 노려봤다.

힘없는 자가 할 수 있는 복수라곤 이것밖에 없었기에 그 모습이 더욱 안쓰러웠다.

행여 더 큰 불상사를 맞을까 서둘러 좌판을 정리한 노적위가 한적한 길모퉁이에 서서 황급히 품속을 뒤적였다.

그런 그의 우수에 자그마한 밀지가 딸려 나왔다.

'여, 영주께서!'

밀지를 확인한 노적위의 신형이 세차게 떨렸다.

"아이고야! 좋구나, 좋아! 이것이 사람 사는 맛이 아니겠더냐? 하하하!"

휘영청 밝은 보름달을 바라보며 왕규가 커다란 웃음을 터뜨렸다.

어둠이 온 세상을 뒤덮는 밤이 되면 왕규는 천자가 부럽지 않았다.

그래서 왕규는 이 밤거리가 더욱 좋았다.

이 거리에서만큼은 자신이 왕이었다.

어디를 가든 사람들은 자신을 향해 고개를 숙였고, 그런 그들을 왕규는 마음대로 부려먹을 수 있었다.

그렇게 왕규가 밤거리를 예찬하며 희희낙락 걸음을 옮기던 어느 순간이었다.

"그렇게 좋았던 거구나."

"잉!"

순간 들려온 난데없는 음성에 왕규가 이건 뭔가 싶어 고개를 뒤로 팩 돌렸다.

그의 시야로 한 사내가 느릿하게 걸어왔다.

"설마, 지금 그 말, 나한테 한 말이냐?"

다가온 자가 노적위임을 확인한 왕규가 굵직한 눈썹을 크게 꿈틀거렸다.

"너 뭐 잘못 먹었냐?"

미치지 않고서야 노적위가 왕규에게 이럴 순 없었다.

왕규의 눈빛만 봐도 염라대왕을 만난 듯 벌벌 떨던 노적위인데.

그렇다면 정말 미쳤다는 말일까.

그런데 아무리 봐도 미친놈처럼 보이진 않았다.

"내가 오늘 여길 떠나야 하는데, 그전에 선물 하나 주고 갈게."

대놓고 하대를 하는 노적위.

"하아~ 너 이 새끼, 정말 미쳤구나?"

왕규가 기가 막혔는지 한숨을 푹 내쉬며 말했다.

하지만 그것은 눈 깜짝할 새였고, 이내 왕규의 표정이 성난 맹수처럼 험악하게 일그러졌다.

"아니면 죽고 싶은 게로구나."

노할 대로 노한 왕규가 자신에게 다가오는 노적위를 향해 희멀건 이를 드러내며 으르렁거렸다.

그런 왕규에게로 여전히 뚜벅뚜벅 걸으며 노적위가 한기가 넘실거리는 음성을 한 자 한 자 씹어가며 싸늘하게 말했다.

"오늘부터 병신으로 평생을 살게 해줄게."

"이런 미친 새끼가 정말 돌았나?! 썅!"

부웅—

더 이상 말할 가치를 못 느꼈는지 왕규의 신형이 순간 노적위를 향해 날았다.

꽤나 날랜 솜씨였다.

저자에 떠도는 말로는 무공을 익혔다 하던데, 그 몸놀림을 보니 거짓은 아닌 것 같았다.

하지만 노적위의 두 눈에 비친 왕규는 진흙탕에 빠져 허우적거리는 버러지에 불과했다.

빠각—

굳은살이 단단히 박혀 있는 왕규의 주먹을 그대로 맞받아치는 노적위.

그 순간 소름이 돋을 만한 섬뜩한 소음이 허공에 메아리쳤다.

"아악!"

본능적으로 오른손을 부여잡은 왕규의 입에서 참을 수 없는 고통이 절로 토해졌다.

하지만 왕규에겐 그런 고통마저도 느낄 자격이 없었다.

빠가각—

순간 흰 달무리가 내린 허공에 희끗한 섬광이 번뜩였다.

그리고 그와 동시에 이번엔 왕규의 왼 어깨가 움푹 꺼져 버렸다.

"아아악!"

연달아 비명을 내지르는 왕규.

두 다리만 멀쩡하다 뿐이지 그의 상체는 이미 균형을 잃어 흐물흐물 무너져 내리고 있었다.

하지만 그 모습에 노적위의 분노는 더더욱 활활 타오르고 있었다.

"걱정 마라. 밥은 씹어 먹게 해줄 테니까."

퍼억—

말을 마친 노적위의 주먹이 그대로 왕규의 복부에 틀어박혔다.

"허억!"

두려움에 잔뜩 젖은 두 눈을 부릅뜨며 왕규가 헛바람을 거세게 들이켰다.

왕규는 세상에 태어나 이토록 고통스러운 적이 없었다. 아니, 이토록 두려운 적이 없었다.

그런데 안타깝게도 노적위는 자신의 행동을 전혀 멈출 기세가 아니었다.

"……!"

한기가 넘실거리는 노적위.

정말이지, 단 한 점의 인정도 담기지 않은 매몰찬 모습이었다.

"버러지는 기어다니는 게 어울린다더라."

쫘지직—

"허어, 허어억……."

노적위가 숨도 제대로 쉬지 못하는 왕규의 양 발목을 연달아 가차없이 찍어버렸다.

그에 두 발목이 기이한 각도로 꺾여 버린 왕규의 신형이 그대로 땅바닥에 꼬꾸라졌다.

왕규의 귀청으로 지옥을 다스리는 염라대왕의 음성이 느릿하게 파고들었다.

"팔도 굳이 필요하진 않을 거야. 버러지니까. 하지만 기어다니게는 해줄게."

뚜두둑—

보기만 해도 그 고통이 이루 말할 수 없을 것만 같은 섬뜩한 광경이 휘영청 밝은 달빛 아래에서 비밀리에 이루어지고 있었다.

* * *

길가의 파릇파릇한 잎새가 바람에 살랑살랑 나부꼈다.

온 세상의 생명들이 깨어나는 바야흐로 봄이었다.

그 향긋한 봄 길을 따라 두 사내가 터벅터벅 걷고 있었다.

준마를 내어준다는 건유운의 호의를 일언지하에 거절하고 길을 나선 윤과 가오성이었다.

"너 원래 바보 아니었냐? 속인 거냐?"

가오성이 가재미눈을 하곤 윤에게 물었다.

애초부터 바보가 아니었다면 윤은 철혈무가의 모든 식솔을 감쪽같이 속인 천재임이 분명했다.

"속인 거냐?"

가오성이 대답없는 윤에게 재차 물었다.

"궁금해?"

"궁금하니까 자꾸 묻는 거잖아, 인마! 그리고 쌰! 너 자꾸 반말할래? 나이도 어린 놈이 어른한테 말하는 싹수하곤."

"몰라."

"뭘 몰라?"

짧게 대답하곤 묵묵히 걸음을 옮기는 윤에게 가오성이 거머리처럼 찰싹 달라붙어 집요하게 물었다.

"생각이 잘 안 나."

"생각 다 난다며어어!"

답답한 듯 가오성이 떼쓰는 아이처럼 짜증을 부렸다.

그런 가오성에게 윤이 무심한 표정으로 물었다.

"갈 거야, 말 거야?"

"어딜?"

자신이 언제 짜증을 부렸냐는 듯 가오성이 두 눈을 부릅뜨며 되물었다.

"철혈무가."

"돌아가면 난 즉사야. 중전을 무단 이탈한 나를 그냥 놔둘 리가 없다고. 내 사정이 이런데도 정말 가려고?"

"거짓말 안 해, 쥐한텐."

'이 쌍놈! 만날 쥐래. 쌍! 한 대 쥐어박을 수도 없고……'

가오성이 두 눈썹을 치켜뜨며 이를 부득부득 갈았다.

정말 한판 붙자는 말이 목구멍까지 솟구쳤지만, 차마 입 밖으론 도저히 꺼낼 수가 없었다.

일취월장이란 말이 무색할 정도로 진일보(進一步)한 발전을 이룬 가오성이었다.

무명검의 깊은 오의를 전부 깨닫지는 못했지만, 그간의 공부만으로도 가오성은 자신이 절정고수의 반열에 든 것 같은 느낌이었다.

그만큼 용노야가 전해준 이름도 없는 검술의 위력은 대단했다.

그렇기에 가오성이 윤과 대결을 원했던 것은 당연한 수순이라 할 수 있었다.

사실 가오성은 윤과 대결보다는 자신을 흥분으로 몰아넣었던 무명검의 위력이 어떤지 두 눈으로 직접 확인해보고 싶은 마음뿐이었다.

그런데,

'괴물새끼!'

가오성이 내심 중얼거리며 질투 가득한 눈초리로 윤의 옆얼굴을 째려봤다.

 가오성의 바람대로 그와 윤의 대결은 유운객잔을 떠난 후 얼마 지나지 않아 곧바로 이루어졌다.
 결과는 가오성의 참패였다.
 말 그대로 윤은 괴물이었다.
 더 놀라운 사실은 가오성은 전력을 다한 반면 윤은 그렇지 않았다는 점이다.
 무슨 영약이라도 처먹었는지 윤이 펼치는 검로(劍路)에 담긴 힘은 상상 밖의 위력이었다.
 검속은 또 얼마나 빠르던지.
 가오성으로서는 도무지 감당이 안 되는 실력이었다.
 더불어 그 짧은 시간 동안 어찌 저런 발전을 이룰 수 있었는지 좀처럼 이해가 가질 않았다.
 그래서 가오성은 더욱 초라해질 수밖에 없었다.
 식음을 전폐하다시피 하며 무아(無我)에 빠져 익힌 위대한 검술인데.
 고작 바보새끼 하나를 쓰러뜨리지 못하다니.
 그런데 그때 실의에 빠진 가오성에게 윤이 담담한 어조로, 하지만 무한한 믿음이 담긴 음성으로 이렇게 말했다.

 "검로의 진정한 오의를 깨닫지 못해서 그래. 내력도 많이 부족하고. 완벽히 익히면 그 누구도 함부로 건드리진 못할 거야, 나 또한. 왜인 줄 알아? 그거 할아버지의 마지막 심득이 담긴 검술이야. 쉽게 익힐 수 있을 거라 생각했다면 지금이라도 그 생각 버려."

그때 가오성이 느낀 바는 딱 두 가지였다.
첫째는 바보 놈이 참 똑똑하다는 것이었고, 둘째는 자기가 익힌 검술이 용노야의 마지막 심득이 담긴 검술이라는 것이었다.
참패는 했지만 가오성은 가슴에서 말로 표현 못할 자긍심이 무럭무럭 피어남을 느낄 수 있었다.
용노야의 마지막 심득이 담긴 검술이라니.
아직까지 가오성의 심장이 두근두근 떨리는 것은 어찌 보면 당연한 일이라 할 수 있었다.
그리고 그렇게 윤에게 된통 당한 후론 윤에겐 대결의 대 자도 꺼낼 수 없는 가오성이었다.

며칠 전 윤과의 대결을 잠시 생각하던 가오성이 장난기를 싹 지우곤 윤에게 짧게 말했다.
"살길 좀 생각하고 가면 안 될까?"
가오성이 애처로운 음성으로 말했다.
북호정에 무슨 일이 일어났는지 아무것도 모르는 윤이었다.
물론 가오성 또한 지금 북호정이 어찌 변했을지 현재로선 아무것도 장담할 수가 없었다.
하지만 왠지 불길하고 초조한 마음을 금할 수 없었다.
예전에 일어난 상황으로 미뤄봤을 때, 북호정에 어떤 변고가 생긴 것은 확실했다.
그래서였다.

그 변고를 윤에게 알리고 싶지 않았다.

아니, 알게 해서도 안 됐다.

용노야와 약속이 아니더라도 지금 이렇게 돌아가면 정말 죽을 지도 모르는 일이었다.

그렇기에 가오성은 불안한 내심을 애써 감추며 극구 윤이 철혈무가로 돌아가는 것을 막으려 했던 것이다.

그런데 안타깝게도 윤의 걸음을 막을 마땅한 변명거리가 없었다.

하지만 가오성이 모르는 사실이 하나 있었으니.

윤은 북호정을 떠나는 순간부터 이미 모든 사실을 알고 있었던 것이다.

"정말 갈 거야?"

답답한지 가오성이 버럭 언성을 높였다.

곧 죽어도 철혈무가로 다시 돌아가겠다고 고집을 피워대는 윤이 정말 답답했기 때문이다.

그런 그에게 윤이 감정이 느껴지지 않는 음성으로 짤막하게 말했다.

"노력하지 마."

"무슨 노력?"

"왜 나를 못 가게 하려는지 아니까. 그렇게 노력할 필요 없다고."

"네놈이 대체 뭘 아는데?"

내심 크게 놀랐지만, 시치미를 뚝 떼며 가오성이 모르는 척 물었다.

"말했듯 나 바보 아냐."

윤이 가오성의 시선을 외면하며 말했다.

그런 윤의 눈가에 비록 순식간이었지만 분노 어린 살기가 나타나기가 무섭게 사라졌다.

그 모습에 가오성의 가슴이 철렁 내려앉았다.

정말 모든 것을 알고 있다는 표정이었다.

그렇다면 지금까지 자신이 윤을 속인 것이 아니라 윤이 자신을 속였다는 의미다.

"……."

긴 침묵이 이어졌다.

그 침묵을 깨며 가오성이 무겁게 입을 열었다.

"죽을 수도 있다."

"어떻게든 버틸 수 있어."

"네놈이 정말 대단한 건 인정하겠는데, 그 알량한 실력 가지곤 어림도 없어. 상대는 음서서라고. 아니, 철혈무가라고. 그걸 너 혼자 다 상대하겠다고? 뭔 수로? 네놈이 뭔 수로 철혈무가 전체를 상대해? 철혈무가로 발을 들이자마자 즉사할 수도 있어, 인마."

비록 하급무사였지만, 중전에 몸담았던 경험이 있는 가오성은 철혈무가의 힘이 얼마나 대단한지 정확히 파악하고 있었다.

하지만 윤이 대수롭지 않다는 듯 입을 열었다.

"죽기엔 아직 일러. 깨어나니 할 일이 많아졌거든."

"지금 뭔 소릴 하는 거야? 깨어나다니? 대체 뭐가 깨어나, 인마?"

말더듬이 바보가 갑자기 정상인으로 변하니 가오성은 적응하기가 좀처럼 쉽지 않았다.
 그래서인지 윤이 간혹 꺼내는 말을 되묻기에 바빴다.
 "그런 게 있어."
 "그래, 그런 게 있겠지. 그래, 당연히 그런 게 있어야지."
 미치고 팔짝 뛸 노릇이었다.
 "하아~"
 가오성이 무심한 하늘을 바라보며 커다란 탄식을 터뜨렸다.
 그는 진심 어린 마음으로 내심 하늘에게 빌었다.
 '하늘이시여, 저 새끼를 다시 바보로 돌려주시면 아니 되겠나이까?! 제발 부탁하나이다.'

*   *   *

 "……"
 철혈무가의 세력권에 들어서기가 무섭게 가오성의 얼굴이 시커멓게 죽어버렸다.
 가오성은 이대로 도망이라도 치고 싶었지만, 차마 윤을 두고 떠날 수는 없었다.
 그래도 이제는 동문수학(同門修學)하는 자신의 사형(?)이 아니던가.
 아니, 그 이유뿐만이 아니더라도 가오성이 발길을 돌릴 수 없는 또 하나의 이유는, 윤과 마찬가지로 용노야와 이주하에 대한 걱정 때문이었다.

예상했던 대로 저자에 떠도는 말을 종합해 보니 북호정이 사라진 건 이미 기정사실이 되어 있었다.

그 말에 윤의 전신에 일순 진한 살기가 감돈 것을 가오성은 놓치지 않았다.

그래서 더욱 걱정이었다.

예전 흑의복면무인들과 마주했을 때 윤이 보였던 살기 가득한 폭주가 가오성의 마음을 왠지 모르게 심란하게 만들었던 것이다.

"다시 생각해 볼 순 없냐? 이미 북호정은 사라졌다고. 이런 마당에 굳이 제 발로 불길 속으로 걸어 들어갈 필요는 없잖아. 가봐야 죽기밖에 더하겠어. 나라고 뭐 화 안 나는 줄 알아? 그렇다고 감정적으로만 움직일 수는 없는 거잖아. 이래도 정말 갈 거냐?"

가오성이 허름한 주루 한구석에서 조촐한 음식을 삼키며 초조한 듯 물었다.

"아가씨 때문에?"

가오성이 재차 물었다.

"많이 힘들었을 거야. 혼자서……."

"하아……. 이거 미치겠네."

가오성이 고개를 뒤로 젖히며 답답함을 토로했다.

아무리 설득하고 또 설득을 해도 윤에게는 한 점 씨알도 먹히지 않았다.

"윤아, 네 마음을 내 모르는 건 아닌데……. 내 말은 좀 더 시간을 두고 지켜보자는 거야. 듣자 하니 아가씨의 혼사 문제도 아직 시간이 꽤 남았다고 하잖아. 무턱대고 들어가기보다는 좀 더, 그래, 구체적인 계획을 세우고 움직이자 이거지, 내 말은."

그래도 끝까지 설득하려고 악을 쓰는 가오성이었다.

"가기 싫으면 안 가도 돼. 늦지 않았으니까."

"내가 가기 싫다는 말이 아니잖아, 지그으음!"

순간 욱해 가오성이 언성을 높였다.

그 언성이 정말 높았는지 주위의 시선이 순간 구석진 곳에 있는 윤과 가오성에게로 몰렸다.

그런 사람들을 향해 가오성이 귀찮다는 듯 손사래를 치곤 자신의 얼굴을 윤의 얼굴에 바짝 들이밀며 검지를 곧추세운 채 속삭이듯 말했다.

"한 번만 봐주라."

"뭘?"

"이번 한 번만 내가 하자는 대로 하자고. 다음부터는 무조건 네가 하자는 대로 다 할게. 그러니 이번 한 번만, 내가 하자는 대로 하자. 응? 이렇게 내가 부탁할게. 윤아, 응?"

오히려 나이 많은 가오성이 칭얼대며 떼쓰는 꼴이었다.

"안 죽어. 걱정하지 마."

"그걸 네놈이 어찌 장담해, 인마!"

"그럴 수밖에 없으니까."

"뭐가 또 그럴 수밖에 없어? 이유라도 좀 말을 해주든지. 그리고 뭔 말이 항상 그리 짧아? 네놈이 무슨 신이라도 되냐?"

"음식 식어."

"아~ 지금 음식이 문제냐고오오?"

은영들을 깨우다

"걱정하지 않아도 된다는 말이야."

윤이 두 눈을 반짝 빛내며 말했다.

무슨 기연을 만났기에 사람이 이렇게 변할 수 있을까.

가오성으로서는 미치고 팔짝 뛸 노릇이었다.

하지만 가오성이 어찌 알 수 있었을까.

이미 정해진 수순대로 걸어가려는 윤의 움직임을 방해하는 건 다름 아닌 자신이란 것을.

"좋다! 너는 그렇다 쳐도, 그럼 난 어떡해?"

"뭘 어떡해?"

"몰라서 물어?"

"모르니까 묻지?"

"하아~"

우선 긴 한숨부터 내쉬는 가오성이었다.

그리곤 한숨이 꺼지자 곧바로 가오성이 입을 열었다.

"중전을 배신하고 무단 이탈을 한 놈에게 가해지는 처벌을 정말 몰라서 그러는 거냐? 철혈무가의 정문을 넘는 즉시 난 지하뇌옥행이야, 인마. 그게 철혈무가에 들어올 때 한 약조라고."

"그럼 잠깐 들어가 있어. 꺼내줄게. 물론 안 들어가면 좋겠지만."

"뭐, 뭐?"

아무렇지도 않게 대꾸하는 윤의 무덤덤한 얼굴에 가오성이 질겁하여 말을 더듬었다.

"어쨌든 여기서 나가는 즉시 철혈무가로 갈 거니까 알아서 해. 떠나든 말든."

윤이 딱 잘라 말하곤 더 이상 말을 섞기 싫다는 양 이내 음식으로 손을 가져갔다.
 그리고 그것을 끝으로 정말 대화는 더 이상 오가지 않았다.

 결국 윤의 고집을 꺾는 데 실패한 가오성이 힘없는 걸음으로 터벅터벅 윤의 뒤를 따랐다.
 '하아! 하늘도 무심하시지. 내게 또 이런 시련을 안기시다니. 이제는 좀 편히 절정고수의 반열에 올라서나 했는데. 이런 제길! 그나저나 썅! 저 새낀 왜 갑자기 변해가지고선. 변하려면 내가 절정고수가 된 몇 년 뒤에나 변할 것이지.'
 마음속으로 불평을 토로한들 변할 것은 없었다.
 그렇게 터벅터벅 두 사내가 인적이 없는 외길을 따라 철혈무가를 향해 걸음을 옮기고 있을 때였다.
 "……?"
 가오성이 두 눈을 부릅뜨곤 갑자기 길을 떡하니 막아선 한 사내를 유심히 노려봤다.
 순간 철혈무가의 인물이 아닌가 하고 가슴이 덜컥 내려앉았지만, 아무리 눈을 씻고 쳐다봐도 철혈무가의 인물은 아니었다.
 그럼 왜 길을 막고 저러고 있는 것일까.
 그 순간 가오성의 머릿속으로 한 사내의 얼굴이 쏜살처럼 스쳤다.
 '저, 저놈은?'
 그러고 보니 허름한 주루에 있었을 때 홀로 앉아 차를 홀짝이던 놈의 얼굴이 딱 저러했다.

'저놈이 왜?'

가오성의 의문이 점점 그 덩치를 키워가던 어느 순간,

낯선 사내가 조심스럽게 윤의 면전으로 다가와 공손하게 입을 열었다.

"실례지만, 혹시 유운객잔에서 오신 윤이라는 성함을 쓰는 분이십니까?"

"그런데요."

뜬금없이 자신의 이름을 묻는 사내에게 윤이 아무런 의심 없이 무덤덤하게 대꾸했다.

그런데 그 순간,

"육은영이 영주를 뵙습니다."

사내가 오른 상박을 가슴께로 바짝 끌어올리곤 허리를 깊이 숙여 윤에게 더할 나위 없이 깊은 예를 취했다.

정말이지, 너무도 황당한 반응이었다.

그에 가오성이 예상 밖의 사내의 행동에 입을 쩍 벌리곤 놀라워했다.

"속하, 노적위라 합니다. 부영주로부터 영주를 보필하란 명을 받고 이렇게 달려왔습니다."

노적위의 낮고 묵직한 음성에 가오성의 두 눈에 걱정 가득한 의문이 깃들었다.

'영주는 또 뭐고 저, 저 새긴 또 뭐 하는 새끼야아아?'

第二章 복마전으로 들어가다

수호무사

정감 어린 세월의 흔적을 느낄 수 있던 고색창연(古色蒼然)한 현판은 어느새 그 필체가 바뀌어 새로운 형상을 하곤 하늘로 치솟고 있었다.

철혈염가.

현판에서 보이듯 그 분위가 영 딴판으로 바뀌어 버린 철혈무가였다.

"철혈염가? 아주 지랄을 하고 자빠졌네. 쌍! 그냥 통째로 집어삼켜 처드셨구먼. 정말 가지가지 하고 자빠졌어."

현판을 올려다본 가오성이 기가 막혔는지 정신없이 욕설을 내뱉었다.

누가 들었다면 경을 칠 일이었지만, 다행스럽게도 근처엔 아무도 없었다.

예전엔 수도 없이 들락날락거리던 정문인데 이토록 어색할 수가 없었다. 그래서인지 정문을 넘으려는 가오성의 발길이 좀처럼 떨어지지 않았다.

윤이 그런 그를 고개 돌려 바라보며 입을 열었다.

"아직 안 늦었어."

"간다고! 지금 넘을 거라고! 봐! 쌍! 지금 넘었잖아! 제, 제길……."

그렇게 정문을 넘은 가오성이 두 어깨를 잔뜩 웅크리곤 널따란 대전을 둘러보았다.

역시나 거대 문파라 그런지 오가는 사람들이 무척이나 많았다.

대부분 아는 얼굴이었다.

가오성의 목은 더욱 움츠러들 수밖에 없었다.

그러던 어느 순간,

"어, 어라? 저거 바보 아녀!"

정문을 넘어 걸음을 옮기는 윤을 알아본 한 무인이 놀라운 표정을 지으며 달려왔다.

그것을 시발점으로 꽤나 많은 사람들이 바보 윤의 곁으로 모여들었다.

그 순간 윤의 동공이 탁 풀렸다.

"아, 아, 안녕! 헤헤."

갑자기 윤이 말을 더듬으며 철혈무가의 무인들에게 인사를 했다.

예전의 바보 윤과 전혀 다를 바가 없었다.

그 모습에 가오성이 내심 황당해 중얼거렸다.

'이, 이 새끼! 이거 병신처럼 갑자기 왜 이러는겨?'

"이 바보 이거, 살아 있었네. 대체 어디를 갔다 이제야 나타난 것이냐?"

키 작은 한 무인이 짐짓 놀란듯 말했다.

"그런데 용노야께서는 어디 계신 거냐?"

윤이 돌아왔다면 용노야도 함께 있어야 마땅한데, 아무리 눈을 씻고 찾아봐도 용노야는 보이질 않았다.

그것이 좀처럼 납득이 안 간다는 듯 무인이 고개를 갸우뚱거렸다.

윤과 용노야의 행방이 하루아침에 묘연해지고 북호정이 사라진 후, 철혈무가는 말 그대로 난장판이 되어버렸다.

염화탁의 명령으로 철혈무가 대부분의 무인들이 백방으로 그들을 찾아 다녔지만, 도대체 어디로 사라졌는지 지금껏 흔적조차 찾지 못하고 있는 상황이었다.

그런데 흔적도 없이 사라졌던 윤이 제 발로 이렇게 나타났으니 철혈무가의 무인들이 윤의 주위로 새카맣게 모여드는 건 어쩌면 당연한 일이라 할 수 있었다.

그렇게 혼란스런 상황이 지속되던 어느 순간,

한 무인이 가재미눈을 뜨며 말했다.

"가만! 저거, 저거, 오성이 아녀? 너, 오성이 맞지?"

"뭐! 오성이? 중전무사 그 오성이? 그 오성이가 여기에 왜 있어?"

"어라! 정말 저거 오성이 맞는 거 같은데?"
"오랜만이외다, 용기 성님. 헤헤!"
고개를 푹 숙였지만, 결국 자신을 알아본 무인들을 향해 가오성이 어색한 웃음을 지으며 헤헤거렸다.
"얀마! 네가 왜 거기 있는겨? 너 땜에 인마, 중전이 아주 발칵 뒤집혔었어. 대체 어디 갔던 거여? 아니, 근데 네가 왜 바보랑 같이 있는 거여?"
한 무인이 가오성과 윤이 같이 있다는 사실이 이내 궁금했는지 물었다.
하긴 철혈무가의 하급무사들이 윤과 가오성의 관계를 알 턱이 없었다.
그렇기에 둘이 같이 있는 모습이 그들의 두 눈에는 신기할 수밖에 없었다.
"어떻게 하다 보니 이렇게 됐수다."
"어떻게 하다 보니 그렇게 됐어? 대체 그게 뭔 말이야, 인마? 어쨌든 얼른 가서 중전호위대장님께 싹싹 빌어, 인마! 자칫하다간 너 지하뇌옥으로 끌려갈 판이란 말이여."
"지하뇌옥은. 쌍! 거 무단이탈 며칠 했다고 지하뇌옥에 가두는 명문대파가 세상천지에 어디 있단 말이오?"
가뜩이나 불안해 죽겠는데 만나자마자 지하뇌옥을 거들먹거리는 어용기의 말에 가오성이 짜증을 팍 부렸다.
그런 그에게 어용기가 검지로 땅을 가리키며 말했다.
"어디 있긴, 여기 있지."
"쌍! 그만하오. 가뜩이나 심란해 죽겠는데."

"그리고 이놈아, 며칠이라니. 네놈이 소리 소문 없이 종적을 감춘 지가 벌써 이 년이 다 되어가고 있어, 이놈아"

"이 년은 개뿔. 그리고 이 년도 아직 안 됐구만, 뭘."

가오성이 뚱한 표정으로 대꾸했다.

"저게 무슨 용뼈를 삶아 처먹었나. 아주 간땡이가 배 밖으로 나왔네그려."

"용뼈를 삶아 먹은 게 아니라 그냥 돈 거 아녀, 저거?"

"어쨌거나 저쨌거나 우리 오성 형님, 이제 어쩌면 좋소. 중전무사로 발탁되었을 때만 해도 그리 좋아하셨는데. 그렇게! 그렇게 나를 약올리고 떠나시더니만, 이제는 지하뇌옥으로 떠나게 생겼으니……."

상황을 지켜보던 몇몇 무인들이 대화에 끼어들었다.

어느새 관심의 대상은 윤에게서 가오성에게로 자연스럽게 넘어가고 있었다.

그런 그들을 향해 가오성이 신경질적으로 일갈을 내질렀다.

"아, 아, 다 시끄럽고! 그리고 만득이 너 이 새끼! 내가 언제 너를 약올리고 떠났다고 지랄이냐? 어?!"

"그냥 말이 그렇다는 것이우, 그냥 말이……."

가오성의 윽박질에 한 무인이 시선을 회피하며 중얼거렸다.

그를 잠시 일견하던 가오성이 어용기에게 시선을 돌리곤 의미심장하게 입을 열었다.

"용기 성님……."

"왜?"

"그나저나 중전호위대장님은 지금 어디 계시우?"

"……?"

봄 향기가 물씬 풍기는 포근한 느낌이 윤의 전신을 순식간에 휘감았다.

꿈에서나마 그릴 수 있었던 곳.

무유화의 거처였다.

"어, 어! 너, 너, 윤이 아니니? 어, 어머, 어머! 너 정말 윤이구나!"

어린 시녀 소은이 거처로 들어서는 윤을 향해 마치 귀신이라도 봤다는 양 놀란 두 눈을 치켜뜨곤 호들갑을 떨었다.

윤의 가슴팍에 머물던 그 키가 그사이 부쩍 자라 이제는 윤의 어깨까지 넘보려 하고 있었다.

"아, 아, 안녕! 헤헤……."

"이, 이 바보야, 도대체 어디 갔다 이제야 나타난 거야. 너 때문에 아가씨께서 그동안 얼마나 상심이 크셨는지 알아, 이 멍충아!"

호들갑을 떨기 무섭게 소은의 큼지막한 두 눈이 금세 발갛게 물들었다.

그녀의 두 눈에서는 닭똥 같은 눈물이 금방이라도 뚝뚝 떨어질 것만 같았다.

무유화와 윤의 관계가 얼마나 돈독한지 측근에서 지켜본 소은으로서는 당연한 일이었다.

윤이 갑자기 사라져 이 년 동안이나 감감무소식이었으니 소은의 걱정도 태산처럼 쌓일 수밖에 없었던 것이다.

"헤헤……."

윤이 그런 그녀에게 살포시 미소를 지어 보였다.

"지금 웃음이 나와, 이 멍청아! 그, 그나저나 얼굴이 대체 그게 뭐야? 끼니도 제대로 못 챙겨 먹은 거야?"

너무도 변해 버린 윤을 걱정스럽게 바라보며 소은이 말했다.

"밥은 먹었어?"

식사부터 챙겨주려는 소은의 따뜻한 심성에 윤이 고개를 가로저었다.

"아휴! 이 바보, 밥도 못 챙겨 먹고. 어쨌든 얼른 들어가. 내가 얼른 밥 차려줄 테니까. 아, 아니, 아가씨께 먼저 인사드려야지."

애써 눈물을 감추며 허둥대는 소은이 윤의 등 뒤에 서 있는 가오성과 노적위를 힐끔거리며 물었다.

"그나저나 저분들은 누구시니?"

"나 몰라? 중.전.무.사. 가오성. 남들은 다 알던데……."

가오성이 예쁘장하게 생긴 소은에게 어색한 미소를 지어 보이며 말했다.

"모, 모르겠는데요."

"흠흠! 모르면 말고."

소은과 짧은 해후를 마친 윤이 조심스럽게 문고리를 잡아당겼다.

"……."

복마전으로 들어가다

조금씩 드러나는 내실의 모습.

그 한편에 그토록 보고 싶던 무유화가 한 올의 힘도 느껴지지 않는 자세로 앉아 창밖 저편을 바라보고 있었다.

"세월 참 빠르지. 봄꽃이 벌써 저리 활짝 피었으니 말이야."

방문을 연 사람이 당연히 소은이라 생각한 무유화가 씁쓸한 미소를 매달곤 여전히 창밖만을 바라보며 말했다.

"이리 와서 한번 보렴. 예전엔 몰랐는데 참 예쁘……."

창밖의 시선을 거두며 소은을 부르려던 무유화가 순간 할 말을 잇지 못하고 온몸을 바르르 떨었다.

'유, 윤…….'

자그마한 입을 벌린 채 두 눈을 바르르 떠는 무유화.

그녀의 메마른 가슴속으로 윤의 이름이 크게 메아리가 되어 울려 퍼졌다.

믿지 못할 상황이 눈앞에 펼쳐졌던 까닭이다.

"……."

얼마 전 꿈속에 나타났던 그 모습 그대로였다.

그때도 지금처럼 자신 앞에 저렇게 서 있었는데.

꿈을 꾸고 있는 것일까.

꿈이라면 정말 다시는 놓치고 싶지 않은 꿈이었다.

그래서일까.

무유화는 도무지 정신을 차릴 수가 없었다.

이것이 꿈인지 현실인지 도무지 종잡을 길이 없었다.

"하아……."

무유화가 긴 신음성을 터뜨렸다.

입을 열려고 해도 도무지 입이 열리지 않았다.
움직이려고 해도 도무지 손발이 움직이질 않았다.
"유, 윤……."
무유화가 용기를 내어 입을 열었다.
윤의 이름을 힘겹게 부르는 그녀의 고운 두 눈이 격랑을 만난 듯 세차게 떨렸다.
금세 붉어진 그녀의 두 눈에서 소리없는 눈물이 더없이 하얀 두 볼을 타고 주르륵 흘러내렸다.
"……."
그런 그녀를 향해 윤이 슬며시 미소 지었다.
"흐흑!"
윤의 더없는 맑은 미소에 순간 무유화가 고개를 푹 떨어뜨렸다.
너무도 미안해 더 이상 윤의 얼굴을 바라볼 용기가 나지 않았기 때문이다.
살아 돌아와 정말 고맙다고 말하고 싶은데.
아니, 그동안 어디에 있었냐고, 왜 이제야 돌아왔냐고 저 넓은 가슴을 때리며 화를 내고 싶은데,
왜 나를 혼자 두고 떠났냐고, 내가 그렇게 미웠냐고, 따져 묻고 싶은데,
무유화는 그 어떤 말도 꺼낼 수가 없었다.
그저 애써 소리를 죽인 채 눈물만 흘릴 뿐이었다.
"……."
웅크려 슬피 우는 무유화를 향해 윤이 조금씩 아주 조심스럽

게 다가갔다.

그렇게 다가선 윤이 두 무릎을 소리없이 꿇곤 그녀의 들썩이는 어깨에 가만히 손을 올려놓았다.

"미, 미안해……. 저, 정말 미안해……."

윤의 손길을 느낀 무유화가 미안하단 말을 되뇌며 하염없이 눈물을 흘렸다.

그녀의 머리칼을 가만히 쓸어주며 윤이 낮은 음성으로 입을 열었다.

"울지 마."

바보 윤의 따듯한 한마디에 무유화의 어깨가 더욱 크게 들썩였다.

그런 그녀의 작은 어깨를 윤이 가만히 안아주었다.

'약속했잖아, 널 지켜준다고. 이젠 혼자 두고 떠나지 않을게. 다시는, 다시는 그러지 않을게.'

지켜주고 싶었지만 지켜줄 수 없었다.

하지만 이제는 지킬 것이다.

반드시.

* * *

중전호위대장 심도학의 보고를 받은 염화탁의 표정이 아주 묘했다.

기쁜 것인지 놀란 것인지, 아니면 답답한 것인지 좀처럼 그 의미를 찾아낼 수 없었다.

"노야께서는?"

모르는 척 염화탁이 물었다.

이미 음서서가 벌인 일이란 걸 알고 있기에 궁금해할 필요도 없는 질문이었다.

"노야께서는 돌아오시지 않았습니다. 하지만 바보 윤과 같이 발을 들인 이들이 있습니다."

"같이?"

"그렇습니다."

"그들이 누구인가?"

염화탁이 궁금한지 물었다.

윤과 같이 철혈무가에 올 사람은 오직 용노야뿐이거늘.

염화탁의 표정에 안개처럼 흐린 의문이 무럭무럭 피어올랐다.

"처음 보는 젊은 남자 한 명과 한 해 반 전 중전을 무단이탈한 가오성입니다."

심도학의 보고에 염화탁의 이맛살이 좁혀졌다.

'처음 보는 자?'

염화탁이 내심 스스로에게 질문을 던졌다.

윤이 가오성과 함께 돌아왔다는 보고에는 전혀 관심이 가지 않았다.

모든 철혈무가의 식솔들이 그 둘이 함께 돌아온 것을 신기해했지만, 이미 그 둘의 관계를 알고 있는 염화탁에게는 그리 놀랄 만한 일도 아니었던 까닭이다.

하지만 그 이유를 묻지 않을 수는 없었다.

"가오성과 윤이 함께 돌아왔다고? 어찌 그 둘이 함께 돌아왔단 말인가?"

"그저 오는 길에 우연히 만났다고 합니다."

들은 바대로 보고했지만, 심도학은 말도 안 되는 억지라 내심 생각하고 있었다.

"우연히?"

"그렇습니다, 가주."

북호정이 사라지고 얼마 뒤 철혈무가를 완전히 휘어잡은 염화탁에게 심도학이 스스럼없이 가주라 칭했다.

"그렇다면 처음 보는 자는 또 누구인가?"

염화탁이 정작 궁금해하던 질문을 던졌다.

"그 또한 오는 길에 우연히 만났다고 합니다."

"뭐, 뭐라?"

기도 차지 않는 심도학의 보고에 염화탁의 이맛살이 또다시 잔뜩 좁혀졌다.

오는 길에 우연히 만났다니.

이 말도 안 되는 보고를 염화탁이 어찌 믿을 수 있단 말인가.

물론 심도학도 믿지 않는 건 마찬가지였다.

"아무래도 다시금 가오성을 불러 시일을 두고 철저히 조사해야 할 듯싶습니다. 사안이 급한지라 경과 보고만 듣고 이렇게 달려와 그 진상을 미처 파악하지 못했습니다. 용서하십시오."

심도학이 차분한 어조로 말했다.

하지만 염화탁의 마음은 그리 차분할 수가 없었다.

염화탁에게 있어서 가오성을 깊이 조사해서 좋을 것이 단 한

가지도 없었다.

만약 가오성이 그간의 일을 모두 토해내기라도 한다면 그 뒷수습이 무척 성가실 수밖에 없었기 때문이다.

아니, 어쩌면 돌이킬 수 없는 일을 초래할 수도 있었다.

"그들은 지금 어디에 머물고 있나?"

"윤과 낯선 이는 현재 아가씨의 거처에 머물고 있고, 가오성은 중전의 규율대에 우선 머물도록 조치를 취했습니다."

"윤이는 그렇다 해도 낯선 이는 본가의 손님이거늘 어찌 객당에 들이지 않고 유화의 거처에 들였단 말인가?"

"그리 조치를 취하려 했으나 아가씨께서 너무 완강하게 거부를 하셔서……."

"크흠!"

심도학이 면목없다는 듯 말끝을 흐리자, 염화탁이 불쾌하다는 듯 헛기침을 토해냈다.

그렇게 잠깐의 침묵이 흘렀다.

"무단이탈을 한 가오성의 문제는 그리 크게 다루지 않았으면 싶은데."

고심하던 염화탁이 조용히 말했다.

"가주, 본가를 무단이탈한 자입니다. 단호한 처벌을 가해 본보기로 삼아야 함이 옳은 줄 감히 가주께 아룁니다."

심도학이 염화탁에게 그건 절대 있어서는 아니 될 소리라는 듯 완강한 어투로 자신의 의견을 피력했다.

"새로운 뿌리가 자라고 있는 상황이네. 그 뿌리가 잘 자라야 새로운 도약을 맞이할 수 있지 않겠는가. 엄격한 규율도 좋지만, 지금은 포용을 할 시기라는 말일세."

 엄격과 포용의 장단을 잘 조화시켜 철혈염가를 튼튼하게 만든다는, 듣고 보니 그럴싸한 말이었다.

 그래서일까.

 심도학이 한쪽으로 치우친 자신의 실수를 깨달은 듯 송구스럽단 표정으로 입을 열었다.

 "제 생각이 짧아 가주께 불경을 저질렀습니다. 부디 용서하여 주십시오."

 "아닐세. 어찌 그것이 불경이란 말인가. 모두 다 본가를 위한 충심에서 나온 말이 아니겠는가."

 "그리 생각해 주시니 그저 감사할 뿐입니다."

 "그래도 무단이탈을 한 자이니 그냥 넘어가서는 안 될 터. 어떤 처벌이 좋겠는가?"

 "그렇다면 폐관 수련 정도로 마무리를 짓는 것이 어떻겠습니까?"

 염화탁이 묻자 심도학이 공손한 어투로 대답했다.

 말이 좋아 폐관 수련이다.

 야광주 하나 박혀 있는, 햇빛 하나 들지 않는 지하 석실에 가둬놓는 감금에 가까운 형벌을 가하는 것이 바로 폐관 수련이었다.

 "기간은?"

 "석 달 정도가 어떻겠습니까?"

 "석 달이라……. 그리하도록 하지. 그리고 내 윤을 한번 봐야겠는데. 어쨌든 그간 무슨 일이 있었는지 내 윤이와 직접 이야기를 할 것이니 윤이를 부르도록 하게."
"가주의 명을 받습니다."

                    *   *   *

 윤이 돌아왔다는 소식은 순식간에 퍼져 철혈무가의 모든 식솔들 귀로 모조리 들어갔다.
 식솔 모두가 삼삼오오 모여 온갖 추측을 꺼내며 그간 윤의 행적에 대해 궁금해했다.
 물론 그들이 궁금해하는 것 중 최고는 당연히 용노야에 관한 것이었다.
 북호정이 없어진 날 둘이 똑같이 사라졌는데, 왜 윤은 돌아오고 용노야는 돌아오지 않았냐는 것이다.
 풀리지 않는 숙제처럼 그들의 궁금증은 점점 미궁 속으로 빠져들어 갔다.

 붉게 색칠된, 족히 두 아름은 됨 직한 기둥들이 좌우로 쭉 늘어서서 장방형의 거대한 전각을 떠받들고 있었다.
 그 위용이 실로 대단했다.
 그래서인지 윤의 걸음걸이가 중전의 위용에 눌려 절로 위축됐다.
 철혈무가, 아니, 이제는 철혈염가로 부르는 것이 옳겠지만, 무진강이 살아 있을 당시엔 윤에게 있어 중전은 정감 어린 집과 같은 장소였다.

하지만 모두가 희미한 기억 속의 일일 뿐이었다.

"……."

중전호위무사들의 당당한 걸음을 쫓아 얼마나 걸었을까.

"들어가거라."

윤을 데려온 중전호위무사가 짧게 명하자 윤이 헤벌쭉 웃으며 고개를 끄덕였다.

"……!"

진귀한 장식품들로 고급스럽게 꾸며진 집무실의 곳곳을 힐끔거리는 윤이 두 발을 동동 구르며 어찌할 바를 몰라 했다.

"이리 와 앉거라."

쩔쩔매는 윤의 모습을 잠시 바라보던 염화탁이 나직한 음성으로 말했다.

시키면 시키는 대로 무조건 따르는 것이 몸에 익은 듯 윤이 말 잘 듣는 개처럼 염화탁의 말을 따랐다.

"……."

염화탁이 착 가라앉은 시선으로 윤의 전신을 예리하게 훑었다.

그러기를 잠깐.

"어디를 다녀온 것이더냐?"

바보에게서 무엇을 캐낼 수 있겠냐만, 그래도 혹시나 하여 염화탁이 물었다.

"시, 시, 심부름……."

"무슨 심부름?"

"모, 모른다. 헤헤."

영락없는 바보의 모습으로 윤이 대답했다.

하지만 깨어난 윤의 내심만큼은 싸늘한 분노로 채워져 있었다.

'바보인 나를 상대로 과연 무엇을 알아낼 수 있을 것 같습니까? 하나하나 조금씩 빼앗아 드리지요. 그 아픔, 기대해도 좋을 것입니다.'

"노야의 심부름이었더냐?"

질문을 던지는 염화탁의 얼굴에서 용노야를 걱정하는 기색은 찾아볼 수 없었다.

그저 어떻게 해서든 바보 윤에게서 무엇인가를 캐내려는 의도가 그의 표정에 역력했다.

그런 염화탁을 향해 윤이 고개를 크게 끄덕였다.

"심부름을 했는데, 그것이 무슨 심부름인지 모른다니. 잘 좀 생각해 보거라."

"누, 누가 죽인댔어. 그, 그러니까 그, 그냥, 도, 도망가래."

"으음."

윤의 대답에 순간 염화탁의 얼굴에 사뭇 근심의 먹구름이 드리웠다.

바보의 말이기에 다른 사람이라면 그냥 그러려니 할 수도 있었지만, 음서서가 북호정을 없앤 장본인이란 것을 아는 염화탁으로서는 결코 가벼이 여길 수 있는 대답이 아니었다.

"그, 근데 하, 할아버진 어, 어디 있어?"

염화탁의 입에서 과연 어떤 대답이 나올까.

윤이 물었다.
"잠시 출타를 하신 것이니 곧 돌아오실 것이니라."
"그, 그래? 헤헤……."
"그럼 그간 어디에 머물러 있었던 것이냐?"
"어, 어딘지 모, 모르겠는데."
"혼자 떠나 있었던 것이더냐?"
염화탁의 물음에 윤이 해맑은 미소를 지으며 고개를 위아래로 크게 끄덕였다.
"같이 온 낯선 그자는 누구이더냐?"
"기, 길에서 만났는데."
"그게 정말 사실이더냐?"
끄덕끄덕.
연신 고개만 끄덕이는 윤을 바라보던 염화탁이 지그시 두 눈을 감았다.
'과연 이 상황을 어찌 해석해야 한단 말인가?'
염화탁의 표정에 난감함이 어렸다.
윤을 옆에 끼고 자세히 지켜본 적은 없지만, 그의 성정을 모를 리 없는 염화탁이었다.
철혈염가의 모든 식솔이 알고 있듯 바보천치였기에 그 머리가 남을 속일 만한 것은 분명 아니었다.
그렇다면 이 일련의 상황이 정말 길에서 우연히 일어난 진실이라는 것인데.
믿기는 힘들었지만 믿을 수밖에 없는, 어쩔 수 없는 일이었다.

"그렇다면 가오성과도 오는 중 길에서 우연히 마주쳤다는 말이더냐?"

문득 생각났다는 듯 염화탁이 물었다.

그런데,

"아, 아니. 쥐, 쥐랑 나, 나랑 같이 시, 시, 심부름 갔었는데……."

"쥐라니?"

뜬금없는 쥐 타령에 염화탁이 물었다.

"쥐, 쥐! 가, 가오성. 헤헤!"

"그럼 둘이 심부름을 갔다는 말이더냐?"

확인하듯 다시 묻는 염화탁을 향해 윤이 고개를 끄덕였다.

'거짓말을 하는 것은 아니란 말인데.'

아무것도 모른다는 양 순진하게 대답하는 윤을 바라보며 염화탁이 입술을 잘근 깨물곤 내심 중얼거렸다.

비록 바보이지만, 오히려 바보이기에 윤의 대답이 가장 믿음직스러웠고, 확실했다.

더구나 비밀스런 가오성과 관계를 저토록 아무렇지도 않게 대답하다니.

다만 아쉬울 뿐이었다.

좀 더 구체적인 대답을 듣는다면 좋으련만 아무래도 거기까진 무리였다.

"용혈검이더냐?"

염화탁이 윤이 품고 있는 흰 천으로 감싸인 물건을 바라보며 문득 물었다.

"혀, 혈아다. 헤헤……."

무엇이 그리 좋은지 윤이 품에 품은 용혈검을 소중히 쓰다듬으며 중얼거렸다.

그런 그를 바라보던 염화탁이 내심 중얼거렸다.

'알다가도 모를 일이구나.'

    *   *   *

대략 그 길이 삼 장여쯤 되는 장방형 구조의 석실이었다.

홀로 쓰기엔 그리 좁지 않은 공간이었지만, 빛 한 점 스며들지 않는, 창문 하나 없는 지하 석실이라 그런지 무척 답답해 보였다.

"……!"

음습한 어둠이 스산하게 깔린 석실 한구석.

한 사내가 웅크리고 앉아 있었다.

그가 석벽 위편에서 흐릿하게 빛을 발하는 야명주를 물끄러미 쳐다봤다.

사내는 가오성이었다.

'제길! 석 달이라니. 대체 내가 뭘 잘못했는데. 쌍!'

지하뇌옥으로 끌려가지 않은 것만 해도 감지덕지인데, 내심 불평을 늘어놓는 가오성이었다.

'그래, 어디 석 달 뒤에 한번 보자고. 쓰읍!'

엉덩이를 툭툭 털고 일어선 가오성이 석실의 한구석으로 느릿하게 걸어갔다.

가오성이 다가간 석실의 한쪽 구석엔 흉물스런 모습의 온갖 병기들이 가지런히 꽂혀 있었다.
"대체 이게 검이냐, 벌레 먹은 막대기냐? 썩은 두부도 못 자르겠네. 쌍!"
병기대 중앙에 꽂혀 있던 검 한 자루를 뽑아 들곤 가오성이 투덜댔다.
얼마나 오래 묵은 것인지, 아니, 얼마나 손질을 안 했기에 시뻘건 녹이 활짝 핀 검이었다.
정말이지, 작은 힘에도 금방 툭 부러질 것만 같은 애처로운 모습이었다.
툭—
툭—
가오성이 녹슨 검을 석실 벽에 툭툭 건드렸다.
그 강도가 어떤지 확인을 해보려는 의도였다.
그런데,
까강깡—
'이, 이런 쎠, 썩을!'
힘없이 툭 부러진 검 동강이 석실 바닥에 떨어지며 요란한 금속성을 냈다.
순간 가오성의 표정이 확 일그러졌다.
"뭐, 뭐야, 이거! 하아~"
'오성아, 난 정말 네 인생이 도무지 이해가 안 간다. 진짜, 아주 진짜 눈물이 날 정도로 네가 불쌍해 죽겠다.'
한숨을 푹 내쉬는 가오성의 두 어깨가 축 처졌다.

그러다 마음을 고쳐 잡곤 그가 중얼거렸다.

"지하뇌옥으로 끌려가지 않은 게 어디냐. 하늘에게 감사하며 살자. 아주 감사한 마음으로……. 그나저나, 썅! 감사는 감사고, 뭐가 제대로 된 병기가 하나도 없어!"

폐관 수련의 명목으로 석실에 감금된 첫날,

가오성의 노성이 석실 전체를 쩌렁쩌렁 울렸다.

그 시각.

윤이 깊은 상념에 잠겨 있었다.

그리고 그런 그의 곁을 노적위가 굳건히 지키고 있었다.

"……."

고른 숨을 내쉬는 윤의 표정이 더없이 평온해 보였다.

"……."

느낌이 이상했다.

뭐라 해야 할까.

아무리 말로 표현하려 해도 도무지 마땅한 말이 떠오르지 않았다.

어쨌든 태어나 처음 맛보는 묘한 느낌이었다.

"……."

누가 가르쳐 준 적도 없는데 심공의 구결이 마음속에 떠올랐다.

그 구결을 따라 자신도 모르게 숨을 골랐다.

그런데,

"……!"

순간 모든 시공이 멈춰 버렸다.
보이지도 들리지도 않았다.
오직 느껴지는 것이라곤 온몸을 간질이는 이상야릇한 뜨거운 기운뿐이었다.
그 기운에 몸을 맡겼다.
누가 시킨 것도 아닌데 그래야만 할 것 같았다.
"……."
착각인지 모르겠지만, 가부좌를 튼 윤의 코끝으로 알싸한 향기가 퍼지는 듯싶었다.
향기가 짙어질수록 그 묘한 기운이 무서운 속도로 윤의 전신 곳곳으로 스며들었다.
이 기운, 이 느낌을 놓치고 싶지 않았다.
하지만 억지로 잡으려 하지 않았다.
잡으려 하면 왠지 도망갈 것 같은 느낌이 들어서였다.
점점 더 진해지는 향기를 느끼며, 지금 자신이 미소를 짓고 있다는 사실조차도 모른 채 윤이 미소 지었다.

* * *

배가 고팠지만 음식엔 손도 대지 않았다.
목이 말랐지만 물 한 모금도 마시지 않았다.
배고픔과 목마름을 잊으려 부러진 검으로 미친 듯 사방을 휘저을 뿐이었다.
"……."

폐관수련장을 순찰 돌던 무사 하나가 가오성을 보곤 고개를 절레절레 저었다.

'간혹 미친놈이 있었지만, 저리 지랄 맞도록 미친놈은 결코 본 적이 없는데, 정말 돈 거 아니야, 저거?'

석실 내부를 슬쩍 바라보곤 무사가 혀를 내둘렀다.

굶어 죽기 전에 미쳐 죽지 않을까 겁이 더럭 날 정도로 가오성의 행동은 이상했다.

주는 식사는 그대로 다시 나왔고, 주는 물 또한 한 모금도 마시지 않고 그대로 석실 밖으로 나왔다.

다른 이들은 음식과 물이 부족하다고 연신 투덜대기에 바빴는데, 저 미친 가오성만은 결코 그러질 않았다.

하지만 가오성도 분명한 이유가 있었기에 미친 짓을 할 수밖에 없었다.

무단이탈에 대한 처벌로 빛 한 점 스미지 않는 폐관수련장에 갇힌 가오성이었다.

남들은 그런 가오성을 보고 혀를 차며 안쓰러워했지만, 가오성으로서는 천운이 따른 기회라 할 수 있었다.

용노야의 무명검을 한층 더 발전시킬 수 있는 절호의 기회였다.

장소가 마음에 들지 않았지만, 남의 눈을 피할 수 있어 오히려 더 좋았다.

하지만 배고픔은 정말 참기 힘들었다.

밥 한 술, 물 한 모금 맘껏 먹질 못했다. 아니, 먹고 마실 수조차 없었다.

용노야와 윤, 그리고 이주하와 가오성의 관계를 눈치채고 있는 염화탁이었다.

철혈무가에 돌아오니 이주하는 이미 행방불명이 되어버린 상태였다.

그런 그를 혈안이 되어 찾아도 모자랄 판에 우습게도 유야무야 무단이탈로 그 결론이 내려졌다.

그 중심엔 철혈염가의 가주 염화탁과 그를 하늘처럼 떠받드는, 그리고 이제는 철혈무가의 중심이 되어버린 몇몇의 추종자들이 있었다.

그런 염화탁이 눈엣가시가 되어버린 가오성을 가만히 놔둘리 없었다.

어떤 방법으로든 해를 가할 것이 분명했다.

그렇기에 먹을 수도, 마실 수도 없었던 것이다.

윤이 먹지도 마시지도 말라는 당부를 하지 않았어도 가오성 또한 먹을 생각도, 마실 생각도 없었다.

목숨은 하나였으니 말이다.

그렇다고 굶어 죽을 수도 없는 노릇.

간간이 무유화를 모시는 소은이 찾아와 건네주는 육포와 약간의 물만으로 지금껏 버티고 있는 가오성이었다.

"……"

유운객잔에서도 그랬지만, 그토록 먹성이 좋던 가오성은 말 그대로 피골상접(皮骨相接)한 모습이었다.

"……"

움푹 파인 볼하며 퀭하니 들어간 두 눈하며, 이곳저곳 찢긴 의복 사이로 드러난 앙상한 몸뚱이하며.
 하지만 그 두 눈빛만큼은 맹렬히 빛이 났다.
 검을 휘두를 때마다 그 두 눈빛이 타오르는 활화산처럼 만물을 태울 듯 활활 타올랐다.
 과연 저 사람이 가오성이 맞을까 싶었다.
 하지만 지금 이 순간 앙상한 뼈만을 남긴 채 집념 어린 안광을 활활 태우는 사내는, 그리고 섬뜩한 모습으로 검을 휘두르는 사내는 분명 중전하급무사 가오성이었다.

第四章 가오성을 기다리다

수호무사

잡풀 하나 없던 북호정 뒤뜰 곳곳에 봄의 새싹들이 수북이 자라났다.
 싱그러운 향기에 봄의 정취를 느낄 수 있어 좋았지만, 윤의 표정은 어둡기만 했다.
 당장에라도 저 뒤편에서 할아버지의 음성이 들려올 것만 같았다.
 때로는 자애롭게, 또 때로는 엄하게.
 그 어떤 음성이라도 좋았다.
 한 번만이라도 그 음성을 다시 들을 수 있다면 그 음성을 놓치고 싶지 않았다.
 '할아버지……'
 초점없는 시선을 허공에 두곤 용노야의 얼굴을 그려보는 윤.

주름진 노안에 자애로운 미소가 번졌다.
거북 등짝처럼 거친 손길이 포근히 얼굴을 감싸주었다.
이제는 볼 수 없는, 이제는 느낄 수 없는.
'믿을게요. 아니, 믿어요. 꼭 살아 계실 거라고.'
움푹 꺼진 윤의 볼 위로 가는 눈물이 흘러내렸다.
모든 것을 자신에게 주고 떠난 할아버지를 그리워하는 눈물이었다.
그런 할아버지를 지키지 못한 자신에 대한 분노를 담은 눈물이었다.
스윽—
윤이 거친 소매로 눈물을 훔쳤다.
그리곤 조심스럽게 용혈검을 움켜쥐었다.
"……"
치렁하게 흘러내린 머리칼이 고개 숙인 윤의 얼굴을 뒤덮었다.
순간 불어온 봄의 미풍에 윤의 얼굴을 덮고 있던 머리카락이 비켜 쓸렸다.
서서히 드러나는 윤의 얼굴.
그의 두 눈이 불길에 휩싸인 듯 뜨겁게 타오르고 있었다. 슬픔과 분노가 뒤섞인 상처 입은 맹수의 눈빛이었다.
모든 사람들이 천치바보라 놀리는 윤의 진정한 모습이 드러나는 순간이었다.
"보는 눈이 많습니다, 영주."
심상치 않은 윤의 변화를 지켜보던 노적위가 조심스럽게 입을 열었다.
 그 음성에 거짓말처럼 윤의 기세가 사그라졌다.
 "내가 그렇게 중요한 존재입니까?"
 윤이 여전히 고개를 숙인 채 물었다. 전신을 휘감던 기세를 죽였다 하나 그 음성에 섬뜩한 칼날의 기세가 여전히 도사리고 있었다.
 "영주께서 계시기에 은영들이 존재하는 것입니다."
 "전대의 영주께서도 전대의 은영들께서도 똑같은 생각이었습니까?"
 "그렇습니다."
 노적위가 짧게 대답했다.
 "왜 은영이 되었습니까?"
 "은영은 되는 것이 아니라 태어나는 것입니다."
 "나처럼?"
 "그렇습니다."
 보는 눈이 있어 고개는 숙이지 않았으나, 윤을 향한 노적위의 음성엔 깊은 예가 담겨 있었다.
 '숙명이라는 건가?'
 윤이 마음속으로 짧게 중얼거렸다.
 그렇게 잠깐의 시간이 흐르고, 윤이 신형을 돌리며 고개를 들었다.
 "헤헤······."
 윤의 얼굴에 바보 웃음이 걸렸다.
 하지만 노적위는 볼 수 있었다.

그 바보 웃음 속에 숨겨진 영주의 차디찬 분노와 그의 분루(忿淚)를.

*　　*　　*

음서서가 스스로 호랑이굴로 기어들어 온 윤과 가오성을 어떻게 처리할 것인지를 생각하며 바쁜 발걸음을 놀렸다.
그렇게 도착한 곳은 무유화의 거처였다.
철혈무가에서 가장 심처에 위치한 무유화의 거처는 중전에서 보통 걸음으로 이각은 걸어야 도착할 거리였다.
그만큼 철혈무가의 규모가 어마어마하다는 의미다.

"헤헤……."
화강석으로 깔아놓은 거처 앞 계단에 앉아 혈아를 만지작거리며 실실 웃음을 짓고 있는 윤.
이제 명실공히 철혈염가의 안주인이 된 음서서가 무유화의 거처로 들어서며 처음 목격한 장면이었다.
그 모습에 음서서의 마음이 복잡해졌다.
언제든 마음만 먹는다면 그날로 저세상으로 보낼 수 있는 놈이다.
물론 벌써 죽어 없어졌어야 할 놈이지만, 염부심의 상태가 점점 호전되고 있다 하니 이제는 굳이 죽일 필요까지는 없게 되었다.
대신 이용할 가치가 다분히 느껴지는 놈이었다.

요즘 들어 자꾸 삐딱하게 나오는 무유화를 길들이기 위해서는 저 바보가 음서서에게는 반드시 필요했다.

음서서의 등장으로 그토록 따듯했던 방 안의 기류가 한순간에 싸늘하게 식어버렸다.

"얼굴이 많이 좋아지셨습니다, 아가씨."

음서서가 얼굴색이 너무나도 달라진 무유화를 바라보며 활짝 웃으며 말했다.

"덕분에요."

무유화의 얼굴에 억지미소가 매달렸다.

"……"

순간 어색한 분위기가 둘 사이를 자연스럽게 갈라놓았.

의외로 먼저 분위기를 깬 사람은 무유화였다.

"어쩐 일이시죠?"

간만에 찾아온 음서서인데, 몇 마디 인사가 오갈 만도 하련만 곧바로 찾아온 용건을 묻는 무유화였다.

음서서에 대한 무유화의 악감정이 드러나는 순간이라 할 수 있었다.

"그 이유가 있어야 찾아오는 것입니까. 얼굴도 본 지 오래됐고 해서 이렇게 들렀습니다."

내심 심히 불쾌하지만, 음서서는 그 어떤 내색도 하질 않았다.

그 모습이 더욱 가증스럽다 느껴지는 무유화였다.

"아무래도 윤이가 기거할 수 있는 거처를 하나 마련해야 할 듯싶습니다. 아무리 바보라 하나, 그래도 혼사를 앞두고 있는 아가씨인데……. 아가씨의 거처에 저리 있다는 것이 계속 마음에 걸리는군요. 식솔의 시선도 곱지 않은 것 같고……."

"북적이는 중전과 달리 한없이 한가로운 월하정입니다. 적적하던 차에 생각지도 않던 윤이 돌아와 그 적적함을 채워주니 전 그저 고마울 뿐입니다. 신경 써주어 고맙지만 마음만 받겠습니다."

의미심장한 음성으로 무유화가 음서서의 말을 되받아쳤다.

달라도 너무 다른 모습의 무유화였다.

음서서 앞에서 이토록 당당한 모습을 보이다니. 그저 놀라울 뿐이었다.

무유화가 사뭇 당황한 음서서에게 결정적인 음성을 날렸다.

"그리고 그 혼인 말입니다. 전 아직 생각이 없으니 그리 알아두시면 좋겠네요."

"그게 무슨 말씀이신지……."

무유화의 음성에 평정심이 깨진 음서서가 대놓고 노기를 드러내며 물었다.

무유화가 단호한 음성으로 그녀의 눈빛을 정면으로 받아내며 말했다.

"마음속에 둔 정인이 있습니다."

"저, 정인이라니요?"

정인이라는 말에 당황한 음서서가 물었다.

"내 마음속에 둔 정인이 있단 말입니다."

"호호! 그것참 놀라운 일이군요."

무유화의 당돌한 발언에 음서서가 곧바로 본래의 신색을 되찾곤 싸늘히 웃음 지었다.
 정인이라니?
 억지를 부려도 유분수지.
 음서서가 코웃음을 치며 반격했다.
 "궁금하군요, 아가씨의 부군이 되실 그 정인이란 분이 누구인지. 대체 그분이 누구란 말입니까?"
 음서서가 정인이 있을 턱이 없는 무유화에게 물었다.
 "굳이 알려드릴 필요성을 느끼지 못하겠군요."
 '당돌한 계집! 네년이 감히 무얼 믿고 이리도 까분단 말이냐! 정녕 피눈물을 흘려봐야 정신을 차릴 것이란 말이냐!'
 서슬 퍼런 음서서의 눈빛이 무유화의 고운 낯을 쓸었다.
 "부심이를 그리 힘들게 만드시더니 이제는 저를 이리도 힘들게 만드시는군요. 생각없이 입을 여신 것은 아닐 테고, 대체 그 이유가 무엇입니까?"
 음서서가 정인이 있다는 말 따위는 애초부터 믿지 않았다는 듯 그 말을 꺼낸 연유를 물었다.
 "내 말을 믿지 않는군요."
 어찌 믿을 수 있을까.
 그에 음서서가 입을 열었다.
 "어차피 좋은 게 좋은 것 아니겠습니까. 가주께서도 아가씨의 상태를 많이 걱정하고 있습니다. 어디 걱정하는 사람이 가주뿐이겠습니까. 철혈염가의 모든 식솔과 저 또한 걱정되기는 마찬가지입니다. 하물며……."

대놓고 염화탁을 가주라 하고 철혈무가를 철혈염가로 칭하는 음서서였다.

순간 무유화가 아랫입술을 잘근 깨물곤 그녀의 말을 가차없이 잘라 버렸다.

"모든 이들이 철혈염가를 인정한다 해도 여기 있는 나를 이해시키지는 못할 것입니다. 제가 살아 있는 한 이곳은 철혈염가가 아닌, 언제나 철혈무가입니다."

"이곳이 철혈무가임은 만인이 다 아는 사실입니다. 하지만 가주께 힘을 실어드려야 않겠습니까. 여전히 저세상으로 먼저 떠나신 가주께 죄를 지었다고 힘들어하시는 분입니다. 가주 직을 공석으로 비워둔 것도 모두가 그 연유 때문이었습니다. 힘들게 가주의 마음을 바꾼 것입니다. 그런 분께 조금이나마 마음의 상심을 덜어주기 위해 가문의 이름을 바꾸었을 뿐. 그것이 그리도 못마땅하셨던 것입니까. 그저 가문을 위해 이름만 바꾸었을 뿐. 언제까지 어린아이처럼 투정을 부리실 참입니까."

투정이라니.

물론 투정이라면 투정일 수 있었다.

하지만 적어도 이 상황을 투정이라 할 수는 없었다.

음서서가 상대하는 사람은 다른 누구도 아닌 가문의 모든 것을 빼앗긴 무유화였다.

부르르—

탁자 아래 감춰진 무유화의 자그마한 두 주먹이 부르르 떨렸다.

그 떨림을 시작으로 그녀의 두 눈 또한 솟구치는 분노로 세차게 떨렸다.
 그런 무유화를 노려보며 음서서가 내심 중얼거렸다.
 '흥! 네년이 지금까지 공주처럼 살 수 있었던 것이 다 누구 덕인데 이리도 까부는 것이더냐! 아직까지 반항할 힘이 남았다는 것이냐? 좋다! 이참에 네년의 그 기를 완전히 꺾어주마. 다시는 내 눈을 바라보지 못하게 만들어주마.'
 "이런, 이런, 이야기가 딴 길로 샜군요. 어쨌든 혼사에 관한 가주의 명도 떨어진 이 마당에 지체할 필요가 있겠습니까. 부심이가 돌아오는 즉시 곧바로 혼사를 치르도록 할 것이니 아가씨께서는 그리 알고 계시면 될 듯합니다. 준비는 저와 아랫것들이 다 알아서 할 터이니 아가씨께서는 그저 마음만 편히 하고 계시면 될 것입니다."
 음서서의 표정에 승리자의 포만감이 깃들었다.
 말 그대로 당사자인 무유화를 철저히 무시한 일방적인 통보였고, 지시에 가까운 명령이었다.
 그런 음서서를 싸늘히 노려보던 무유화가 솟구치는 분노를 애써 누르며 말했다.
 "이해를 못하시는군요. 말했듯 내게는 마음속에 둔 정인이 있습니다. 그러니 염 공자의 배필은 다시 찾아보는 게 좋을 듯싶군요. 그리고!"
 "……?"
 "더 이상 나에게 함부로 대하지 않았으면 좋겠군요. 그대의 무례가 눈에 많이 거슬립니다. 보기 흉하단 뜻입니다."
 '뭐, 뭐라?'

가오성을 기다리다 101

무유화의 당찬 음성에 음서서의 두 눈썹이 잔뜩 치켜졌다.
"진정 피눈물을 보실 참입니까? 꽤 많이 아프실 터인데 말입니다."
무유화의 도발을 결국 참지 못한 음서서가 독기가 넘실거리는 눈빛을 쏘아내며 입을 열었다.
"더 아플 게 남았다니, 그 아픔이 대체 무엇인지 정말 궁금하군요."
한마디도 지지 않고 무유화가 반발했다.
"호호!"
할 말을 잃었는지 음서서가 갑자기 웃음을 터뜨렸다.
그러기를 잠시, 일순 웃음기를 싹 지운 음서서가 무유화의 두 눈을 뚫어질 듯 노려보며 입을 열었다.
"바보가 돌아온 후 이곳 월하정도 많이 바뀐 듯싶습니다. 설마 그 정인이란 사람이 저 밖의 바보 윤을 뜻함은 아니겠지요?"
음서서의 입가에 다시금 진한 미소가 매달렸다.

* * *

윤이 철혈무가로 돌아오고 석 달이란 시간은 정말 쏜살처럼 지나갔다.
윤의 존재 또한 염가로 이름이 바뀐 철혈염가 식솔들의 머릿속에서 쏜살처럼 지워졌다.
예나 지금이나 그 존재감이 미천한 윤으로서는 당연한 일이었다.

헐렁한 의복, 꼬질꼬질 행색, 비쩍 마른 해골의 몰골, 지독한 악취……

어떻게 더 설명을 할 수 없을 것 같은 사내가 뚜벅뚜벅 힘없이 걸음을 옮겼다.

그 모습을 발견한 지후산이 그의 걸음을 막았다.

"……"

가오성이 착 가라앉은 시선으로 자신의 걸음을 멈춰 세운 지후산을 바라봤다.

가오성의 눈빛이 그 연유를 묻고 있었다.

"용케 살아 나왔구나. 뒈질 줄 알았더니……"

가오성이 중전으로 보직을 옮긴 후 유독 그를 괴롭혔던 지후산이다.

가오성이 염부심에게 충성을 다하려 했던 이유도 알고 보면 지후산이 크게 한몫했던 것이 사실이다.

가문의 후광을 등에 업고 성공가도를 달리는 인물이었다.

변화의 흐름을 또 얼마나 잘 타는지.

듣자 하니 철혈무가가 철혈염가로 바뀌는 데 발바닥에 땀이 나도록 뛰었던 인물 중 하나가 지후산이라 했다.

그런 열정 때문이었을까.

일 년 전만 해도 중급 서열인 호위조장 직을 맡았던 그가 이제는 상급 서열인 중전호위부대장의 직책을 코앞에 두고 있었다.

더불어 상급무사들만이 익힐 수 있다는 철혈무가의 무공 비급까지 전수받았다 하니.

어찌 보면 지금 이 순간 지후산의 목이 저토록 뻣뻣한 것은 당연한 일이라 할 수 있었다.

"하찮은 네놈 때문에 지엄한 중전의 위신이 얼마나 깎였는지 알고는 있느냐? 양심이 있다면 자결이라도 하는 것이 마땅하거늘! 네놈의 정신 상태가 심히 의심스럽구나!"

"쩝!"

위로는 못해줄망정 가뜩이나 불편한 심기를 박박 긁어대는 지후산의 보기 싫은 면상을 슬쩍 바라보던 가오성이 입맛을 쩝 다셨다.

그 모습에 지후산의 두 눈썹이 씰룩거렸다.

"이놈 봐라. 그동안 햇빛을 못 보더니 이게 꿈인지 현실인지 분간이 안 되는 모양이로구나."

"그만 가야 하는데, 길 좀 피해주시겠소?"

"뭐, 뭐라? 이놈이 정말 용뼈를 삶아 처먹었나."

'그놈의 용뼈는. 쌍! 뭔 말만 하면 용 뼈야. 쓰읍! 좀 삶아주든지. 어떤 맛인지나 좀 보게.'

"지하뇌옥 행인 네놈에게 가주께서 갚지 못할 커다란 자비를 베풀어주셨건만, 그 은혜도 모르고 네놈이 아직 정신을 못 차렸구나! 그러고도 네놈이 중전무사라 할 수 있겠더냐?"

지후산이 가오성에게 커다란 호통을 쳤다.

가오성이 그 모습을 삐딱한 시선으로 쳐다보곤 피식 실소를 흘리며 입을 열었다.

"어차피 지금 근신 대기 명령 받고 왔으니까 그만 길 좀 비켜

주쇼."

"그것참 듣던 중 반가운 소리구나. 안 그래도 내 중전호위대 장님께 네놈을 당장 자를 것을 건의하려 했는데. 그래도 참 운이 좋은 놈이로구나. 무단이탈을 하고도 근신 명령이라니. 하나 좋아할 것은 없느니라. 조만간 그 이름이 중전에서 지워질 테니 말이다. 애초부터 네놈 따위가 머물 수 있는 곳이 아니었느니라, 중전이란 곳이. 끌끌끌!"

"알았으니 가던 길이나 그냥 가쇼. 가뜩이나 짜증나는 사람 더 짜증나게 하지 말고."

가오성이 더는 듣기 싫었는지 위풍당당하게 서 있는 지후산의 오른 상박을 밀치며 걸음을 옮겼다.

아니, 옮기려 했다.

탁!

"네놈이 감히 내 몸에 손을 대려 해? 네놈이 정녕 내일의 해를 보기 싫은 게로구나!"

가오성의 손목을 낚아챈 지후산의 눈가에 짙은 살기가 감돌았다.

분명 가오성의 실수였다.

아무리 가오성이 혐오하는 지후산이라 하나 그는 엄연히 자신의 상관이었다.

물론 이제는 직속상관은 아니지만, 그래도 엄연한 상급자임이 분명했다.

그런 지후산의 몸에 손을 댔으니 불경이라면 커다란 불경일 수 있었다.

'기분 같아선 지금 당장에라도 반 죽여놓고 싶은데, 참을게. 그 기분 좀 더 즐기고 있어라. 조만간 지옥으로 보내줄 테니까.'

내심 가오성이 이를 갈았다.

"헤헤! 소인이 그만 허기가 져서 헛것을 보았나 봅니다. 요, 용서하십시오, 중전호위부대장님."

갑자기 비굴한 모습으로 가오성이 허리를 굽실거렸다.

그 모습에 노기가 가라앉을 만도 하련만, 지후산의 표정은 쉽게 풀리지 않았다.

"내 네놈을 항상 지켜보고 있다는 사실을 명심하거라. 쥐도 새도 모르게 그 목이 날아가는 수가 있음을 명심하란 말이다. 알았느냐?"

'알지. 아암, 알다마다. 어련하겠냐, 이 쉬방새야.'

어둑한 저녁녘.

월하정으로 긴 그림자가 드리웠다.

"후후후, 낯짝에 살 오른 거 봐라."

반 토막 난 녹슨 철검을 우수에 움켜쥔 가오성이 자신을 기다리고 있는 윤을 바라보며 묘한 미소를 지었다.

"헤헤!"

바짝 마른 가오성을 바라보며 윤이 바보 웃음을 지었다.

"이 병신새끼! 아직도 병신 짓이네. 그렇게 처웃지 마라. 아주 가증스러워서 못 봐주겠다, 이 새끼야. 크큭!"

가오성이 윤을 향해 인상을 팍 찡그리며 입을 열었다.

하지만 그의 얼굴엔 미소가 여전했다.

"보기 좋네."

윤이 바보 웃음을 싹 지우며 짧게 입을 열었다.

흉물스런 모습으로 변한 가오성이었지만, 그 눈빛엔 자신감이 충만했다.

눈빛 하나만으로도 가오성의 또 다른 진일보를 느낄 수 있었다.

더 이상 중전의 하급무사가 아니었다.

엄연한 용노야의 제자로 탈바꿈된 가오성이었다.

그 기도를 감추고 있다지만 윤은 분명 느낄 수 있었다.

"쓰읍! 네 눈깔엔 이게 좋아 보이냐? 썩을! 이 빌어먹을 놈아!"

가오성이 헐렁한 의복을 흔들며 말했다.

"사형한테 그게 무슨 말버릇이야."

윤이 짐짓 꾸짖듯 말했다.

"사형은 얼어 죽을, 쌍!"

제 버릇 개 못 준다더니, 역시나 가오성의 입에서 거친 욕설이 튀어나왔다.

윤이 그런 가오성의 어깨를 툭툭 건드리며 입을 열었다.

"생각했던 것보다 더 지독하게 마른 걸 보니 노력 좀 했나 봐? 이제 제법 무사 티가 나는데?"

"했지. 아암! 해도 아주 많이 했지. 네놈의 면상을 밟아줄 각오로 이를 부득부득 갈며 한숨 자는 것도 아껴가며 죽어라 노력했지. 아주 아주 많이 말이다. 그래서 어쩔 건데, 이 바보 놈아?

하하하!'
 말을 마친 가오성이 갑자기 윤을 와락 끌어안았다.
 "잘 지냈냐, 이 바보 놈아?"
 그래도 인생을 더 산 가오성이기에 자신이 처한 지랄 같은 상황보단 윤의 상황을 더 걱정한 터였다.
 소은을 통해서 윤이 잘 지내고 있다는 소식은 접했지만, 가오성의 마음 한구석은 언제나 윤에 대한 걱정으로 늘 그늘져 있었다.
 그런데 이렇게 환한 모습으로 서 있는 윤을 보니 그간 졸였던 마음이 일순 사르르 녹아내렸다.
 '이젠 아무것도 걱정하지 마라. 이 사제가 너를 지켜줄 테니 말이다.'
 뜨겁게 윤을 안은 가오성이 내심 중얼거렸다.
 "……."
 그 훈훈한 모습을 멀찍이서 무유화가 지켜보고 있었다.
 하루하루 가오성에 대한 걱정으로 잠 못 이루던 윤이었다.
 이제야 윤이 그 시름을 내려놓을 수 있다고 생각하니 무유화의 얼굴에 절로 반가운 미소가 매달렸다.

*　　　*　　　*

 빛과 어둠의 경계에 선 사내가 혼란스런 표정으로 좌우를 두리번거렸다.
 이것이 꿈이라는 사실을 알면서도 사내는 현실인 양 자신의 길을 찾기 위해 깊은 꿈속을 헤맸다.

얼마의 시간이 흐른 것일까.

찰나의 시간이 억겁처럼 느껴졌고, 억겁의 시간이 찰나처럼 느껴졌다.

아니, 사내에게 있어 시간이란 존재는 무의미했다.

이미 세상의 시간관념은 사내의 머릿속에서 사라진 지 오래였다.

빛 한 점 스미지 않는, 정적으로 가득 찬 어둠 속.

똑—

똑— 똑—

규칙적으로 떨어지는 물방울 소리만이 이 고요를 깨울 뿐이었다.

원형으로 만들어진 공간 중앙에 몇 명의 사내가 가부좌를 틀고 앉아 있었다.

아니, 정확히 말하자면 중앙에 인위적으로 만든 협소한 못에 사내들이 몸을 담그고 있었다.

그들의 두 눈은 감겨 있었고, 환상적인 꿈을 꾸듯 입가엔 미소가 걸렸다.

의당 못을 채운 물은 투명하거나 탁할 것이라 생각하기 쉬운데, 이 못물의 색깔은 핏물을 보듯 빨갛게 물들어 있었다.

"……"

지그시 뒷짐을 진 백발의 노인이 정좌를 한 사내들을 바라보았다.

언뜻 세속을 초월한 신선풍의 노인이었지만, 붉게 타오르는 그의 안광을 보고 있노라니 절로 오금이 저렸다.
"저 아이가 염가의 피붙이더냐?"
"그렇습니다."
사내 적여립이 공손히 대답했다.
"네가 수고가 많았구나."
"베푸신 은혜에 어찌 비할 수 있겠습니까."
"역천대법서를 다시 찾을 수 있었던 것은 너의 공로가 아니었다면 이룰 수 없는 성과였느니라."
"당연히 해야 할 일을 했을 뿐입니다."
노인의 칭찬에 적여립에 입가에 만족한 미소가 매달렸다.
"역천대법의 완성이 이제 코앞으로 다가왔구나. 역천대법만 완성된다면 천 년의 숙원을 풀 수 있음이다. 얼마 남지 않았음이야. 마지막까지 성심을 다해야 할 터. 내 너만 믿고 있을 것이니 최선을 다해야 할 것이다."
"명심하겠습니다."
당찬 적여립의 대답을 듣곤 노인이 만족한 듯 고개를 끄덕였다.
하지만 그것도 잠시, 노인의 미간이 좁혀졌다.
"천 년의 숙원을 풀 날이 머지않았거늘, 여전히 무진강의 죽음이 마음에 걸리는구나."
무진강을 이야기하는 노인의 미간에 짙은 근심이 어렸다.
적여립이 그런 노인에게 두 손을 마주 잡고 공손히 물었다.
"은영들의 존재 때문입니까?"

"천고의 기재라 불렸던 나를 이리 망쳐 놓은 자들이다. 더불어 본 문의 기보인 역천대법서까지 탈취하여 봉인했던 인물들이다."

"그 대가로 그들 또한 멸문을 당하지 않았습니까."

전대의 깊은 속사정까지는 모르는 터라 들은 바대로 적여립이 말했다.

"그리 쉽게 멸문당할 존재들이었다면 그들을 어찌 우리의 적이라 말할 수 있겠더냐. 전대의 은영 모두가 목숨을 걸고 싸웠다 함은, 이미 그들의 후예들을 숨겨놓았다는 의미일 터. 그것이 벌써 십수 해가 흘렀구나."

은영들의 존재가 그리도 무섭고 대단한 것일까.

적여립은 노인의 태도가 좀처럼 납득이 되질 않았다.

그런 적여립의 마음을 읽었음인가.

노인이 나지막이 입을 열었다.

"그리 쉽게 무너질 무진강이 아니었다. 내 그와 손을 섞고 무엇을 느꼈는지 너는 아느냐?"

적여립이 전대의 인물들 간의 문제를 알 턱이 없었다.

"어쩌면 죽을 수도 있다는 느낌이었다."

놀라운 말이 아닐 수 없었다.

아무리 무진강이 대단하다 하나 노인이 저 정도로 치켜세우다니.

"그런 그가 그리도 쉽게 죽었으니 문제가 아니겠더냐. 분명 그의 안배가 있을 터인데, 그 안배를 도무지 찾을 길이 없구나. 무진강을 너무 쉽게 생각한 것이 이토록 천추의 한으로 남을 줄

이야."

 '은영들이 그리도 대단한 존재들이었단 말인가. 그래 봐야 숨은 쥐새끼들이거늘.'

 노인의 태도가 조금 답답한 듯 미간을 살짝 찌푸리며 적여립이 내심 중얼거렸다.

第五章　호위무사가 되다 (상)

수호무사

뜬금없는 방문(榜文)이 저자에 붙었다.
제목은 이러했다.

철혈염가 호위무사 집모(集募).

방문이 붙은 저자 곳곳에서 사람들이 웅성거렸다.
맨 앞줄에 있는 사람들이야 방문을 자세히 볼 수 있었지만, 물론 글을 읽을 경우였지만, 뒤늦게 방문을 보려 달려든 사람들은 그 내용이 궁금할 수밖에 없었다.
"뭔 방문입니까?"
방문을 다 읽고 사람들을 비집고 빠져나온 한 중년인에게 젊은 사내가 물었다.

"호위무사를 모집한답니다."
"어디서요?"
"철혈염가요."
"철혈염가요?"
사내가 의외라는 듯 되물었다.
"방문이 그럽디다. 왜 관심있소?"
"무공이 고강해야 할 것 아니오?"
"이 사람, 그걸 말이라고 하는 게요. 당연하지요. 그 어느 곳도 아닌 철혈무가인데. 아니지, 이젠 철혈무가가 아니라 철혈염가라고 해야겠지. 철혈무가가 입에 달라붙어 좀처럼 떨어지지가 않네."
중년인이 옆머리를 긁적이곤 자신의 실수를 정정했다.
그런 그에게 사내가 또다시 질문을 쏟아냈다.
방문을 먼저 봤을 뿐인데 마치 중년인이 철혈무가의 인물이라도 되는 양 질문을 퍼붓는 사내였다.
"몸값은 어느 정도랍니까?"
잔뜩 부푼 눈빛으로 사내가 물었다.
'그 꼴에? 아서라, 이놈아. 그러다 한 방에 가는 수가 있단다. 그냥 호위무사가 아니라 철혈염가의 호위무사란다.'
중년인이 사내의 허름한 위아래를 연신 쓸어보며 내심 중얼거렸다.
"일 년 몸값이 무려 금자 한 관이라 합디다. 내 무공만 익혔어도 이참에 팔자를 확 뜯어고쳐 보는 건데."
"그, 그, 금자 하, 한 관요? 그게 정말입니까?!"

"사람 빠지면 직접 보쇼."

더 이상 입을 열기 싫다는 양 중년인이 입맛을 쩝쩝 다시며 자리를 횅하니 떴다.

그런 그의 어깨를 부여잡으며 사내가 다시금 물었다.

"중전호위무사입니까?"

"이 사람이 정말! 사람 바빠 죽겠는데 뭘 자꾸 그리 물어싸. 직접 보면 될 것을. 중전이 아니라 월하정이랍디다. 그러니 몸값이 저리 큰 것이 아니겠소."

난리법석이 따로 없었다.

저자뿐만이 아니었다.

철혈무가 내에서도 커다란 소요가 일기는 마찬가지였다.

엄청난 몸값이 그 이유가 될 수도 있었지만, 이는 비단 그 때문만이 아니었다.

사실 호위무사를 모집한다는 것이 그리 놀랄 만한 일은 아니었다.

문파의 세를 키우기 위해 모든 방파들이 흔히 사용하는 방법 중 하나였으니 말이다.

하지만 철혈무가의 호위무사는 분명 그 느낌이 달랐다.

강북무림을 일통한 문파다.

철혈무가에 발을 들인다는 것 자체가 성공이라 여기는 이 현실에서 철혈무가의 호위무사로 발탁된다는 것은 그 자체가 수직 성공을 뜻함이었다.

더구나 이번 호위무사의 집모를 철혈염가의 가주인 염화탁이 직접 주관한다니.

이는 강호를 떠도는 낭인뿐만 아니라 철혈무가의 무사들에게도 엄청난 심적 동요를 일으키는 계기가 되었던 것이다.

삼삼오오 모인 무사들이 떠드는 화제는 단연 월하정의 호위무사 집모에 관한 이야기였다.

"언제부터 모집이래?"

"왜, 나가시게?"

"밑져야 본전이지. 혹시 알아, 이참에 팔자 고칠지?"

"하아~ 괜히 망신당하지 말고. 아니, 그러다 평생 침상에 누워 지낼 수도 있어."

"이게 나를 어떻게 보고……."

"어떻게 보긴, 우리 바보무사님께 바짝 쫄았던 그 호덕 무사 아녀?"

낙승한이 대화에 살짝 끼어들어 구호덕과 윤이 옛날에 펼쳤던 대결을 다시금 상기시켰다.

잊을 만하면 난데없이 튀어나오는 이야기였다.

그에 구호덕의 얼굴이 순식간에 시뻘겋게 물들었다.

"쪼, 쫄긴 누가 쫄았다고 그래, 이 망할 새끼야!"

"아님, 말구. 근데 왜 그리 긴장혀? 어디 아픈겨?"

더 말해봐야 망신당하는 건 자신이기에 구호덕이 치미는 부아를 가까스로 억누르며 끙끙거렸다.

"근데 말여, 왜 뜬금없이 월하정의 호위무사를 뽑는다고 그러는지 당최 이해가 안 가네."

"들리는 말로는 유화 아가씨께서 가주께 직접 청하셨다 하던데요."

 낙승한의 궁금증에 천만득이 대답했다.

 "본가에도 무사들이 많이 있는데, 굳이 외부에서까지 모집할 필요가 있을까?"

 궁금증이 꽤 많은지 낙승한이 눈알을 데굴데굴 굴리며 또 물었다.

 "그 또한 유화 아가씨께서 가주께 직접 청을 드렸다 하던데요. 뭐, 이참에 본가의 세력을 좀 더 넓힐 수도 있고. 일석이조 아니겠어요."

 "굳이 외부의 인원을 끌어들여 철혈무가의 느낌을 희석시킬 필요까진 없잖여? 외부의 인원을 끌어들여 봐야 좋은 건 가주잖여? 내 아무리 생각해도 유화 아가씨에게는 손해일 거 같은데 말여."

 "저 생각없는 놈, 아주 제 무덤을 파고 자빠졌네. 철혈무가라니, 이놈아! 세상이 어느 세상인데 아직까지 철혈무가 타령이냐? 너, 내가 바로 중전으로 뛰어간다?"

 구호덕이 이때다 싶었는지 끼어들었다.

 하지만 콧방귀도 안 뀌는 낙승한이었다.

 "아직 안 간겨?"

 "……?"

 "하여간 저놈은 뭘 해도 그냥 밉상이여. 근데 말여, 중전호위부대장이 월하정의 호위무사 집모에 신청한다는 게 정말 사실이여? 아니, 앞길이 창창하게 보장된 중전의 직책을 버리고, 아니, 그것도 그냥 직책이여. 중전호위부대장 아녀. 근데 다 무너져 가는 월하정의 호위무사라니. 돈에 환장한겨, 아님 돈겨?"

"참, 형님도 눈치없소. 정보통 아니요, 정보통. 이참에 월하정도 확 휘어잡으려는 속셈이겠지요."

"그려. 생각해 보니 그럴 수도 있겠어."

낙승한이 턱 끝을 만지작거리며 중얼거렸다.

그런 그에게 천만득이 의기양양해 한소리 높였다.

"생각해 보시우. 대관절 어느 미친놈이 미쳤다고 중전을 버리고 다 무너져 가는 월하정으로 가겠소. 무시를 밥 먹듯 당하는 우리 같은 외전의 무사들도 그런 짓은 안 할 거요. 아니 그렇소? 내 만약 그런 미친놈이 있다면 이 손모가지를 잘라 버리겠소."

"있던데……."

그동안 가만히 대화를 지켜보던 어용기가 살짝 끼어들며 짧게 말했다.

"대체 그런 미친놈이 어디 있답니까?"

천만득이 어용기를 향해 버럭 소리를 질렀다.

"정말 있던데……."

"대체 그 미친놈이 누구랍디까?"

천만득이 말도 안 된다는 표정으로 다시금 버럭 소리를 치며 물었다.

그런 그에게 어용기가 월하정 방향을 손끝으로 가리키며 대답했다.

"오성이."

*　　*　　*

"철혈염가 안의 월하정인데 굳이 외부에서까지 호위무사를 들일 필요가 있겠습니까?"

중전호위대장 심도학이 조심스레 물었다.

"유화가 그리 부탁을 하니 어쩔 수가 없었네. 굳이 반대할 명분도 없고."

염화탁은 무유화가 월하정에 호위무사를 두고 싶다 청하기에 반색했다.

몇 번이고 호위무사를 두려 했지만, 무유화가 번번이 반대하는 바람에 지금껏 호위무사 하나 없는 그녀의 거처다.

그런데 알아서 호위무사를 둔다 하니 염화탁으로서는 반갑기 그지없는 일이었다.

물론 염화탁이 반색한 것은 무유화에 대한 감시의 목적이 가장 큰 이유였다.

그런데 그 인원을 외부에서도 뽑고자 청하는 무유화의 말에 심기가 다소 편치 않았던 것이다.

하지만 극구 반대할 명분이 없었던 터라 무유화의 청을 받아들일 수밖에 없었다.

"그 속내를 모르겠습니다."

심도학이 미간을 찡그리며 중얼거렸다.

사실 무유화의 이번 행동은 좀처럼 이해하기 힘들었다.

중전무사들의 존재만으로도 철통같은 안전이 보장되는 철혈염가다.

별도의 호위무사가 굳이 필요없다는 말이다.

그런데 굳이 월하정에 호위무사를 두려 하다니.

한편으로는 이해가 가기도 했다.

북호정이 연유없이 사라지고 불안함을 느낄 수도 있었으니 말이다.

그렇다고 외부에서까지 호위무사를 둘 필요가 있을까. 심도학은 의문이었다.

"어차피 외부의 인물이 월하정에 들기는 힘들 것이 아니겠나. 외부에 선심을 쓰는 것도 그리 나쁜 일은 아닌 듯하네."

틀린 말은 아닌지라 심도학이 고개를 끄덕였다.

"그나저나 어느 정도의 인원이 모여들었는가?"

"방금 전까지 보고받은 바로는 외부의 인물이 백여든두 명이고, 내부의 인물이 서른세 명이었습니다. 도합 이백열다섯 명입니다. 아무래도 금 한 관이란 말에 온갖 인물이 다 달려온 듯싶습니다."

"하루도 지나지 않았거늘 이백열다섯이라. 후후……."

호위무사를 비무로 선별하고, 목숨을 잃을 수도 있다는 경고의 글귀까지 분명 방문에 남겼건만 이토록 많은 사람이 몰리다니.

역시 금자의 힘이 대단하긴 대단했다.

"중전에선 누가 나서는가?"

"지후산을 포함한 열 명의 인원을 호위대에서 나서게 하고, 단필엽을 포함한 열다섯의 인원을 철혈검대에서 나서도록 조치를 취했습니다."

"스물다섯이라……. 고작 일곱의 인원이거늘. 좀 과한 것 같군."

"외부에서 어떤 인물이 지원할 줄 몰라 넉넉히 준비시켰습니다. 금자의 힘을 무시할 순 없질 않겠습니까."

말은 외부에서 뽑는다지만, 이미 중전의 무사들로 월하정의 호위대를 구성하려 계획을 잡아놓은 상태였다.

하지만 혹시 몰라 만반의 준비를 갖춘 심도학이었다.

그의 치밀함에 염화탁이 만족한 듯 웃음 지었다.

그러다 궁금한 듯 물었다.

"내부의 인원이 서른셋이라 했는데, 인원이 조금 남는 것 같군. 그들이 누구인가?"

"외전에서 여섯이, 중전에서 한 명의 인원이 각각 지원했습니다."

"중전? 외전은 그렇다 쳐도 중전에서도 지원한 자가 있단 말인가? 대체 그자가 누구인가? 그리고 여섯과 하나라면 분명 일곱이거늘, 한 명이 남질 않는가?"

염화탁의 물음에 심도학의 표정이 일순 딱딱하게 굳어졌다.

"가오성과 윤입니다."

"뭐, 뭐라? 가오성과 유, 윤?"

심도학의 대답에 염화탁이 순간 당황해 말꼬리를 높였다.

이것을 어찌 해석해야 할까.

순간 말문이 탁 막힌 염화탁이었다.

그러다 번득 스친 생각에 염화탁이 진한 미소를 지으며 입을 열었다.

"선별 과정을 어찌하기로 했나?"

"가주의 말씀대로 비무를 통해 마지막까지 남은 일곱을 정하도록 계획을 잡았습니다."

"그 많은 인원이 비무를 벌이려면 꽤나 시간이 소요될 것인데……. 그에 대한 방법은 있는 것인가?"

"그것은……."

달리 방법을 떠올릴 수 없었던지 심도학이 말끝을 흐렸다.

"이러면 어떠한가? 본가의 무사들이야 어차피 지원자가 오십을 넘기는 힘들 터. 외부에서 지원한 인원은 외전에서 알아서 스물다섯을 선별토록 하고, 본가의 무사들은 중전에서 별도로 스물다섯을 선별토록 하는 것이 말이야. 이미 검증이 된 중전의 무사들인데 계속해서 비무를 시킬 수는 없질 않겠나?"

"현명한 복안이십니다."

염화탁의 말에 반색하며 심도학이 감탄을 내뱉었다.

"만약을 대비해 남은 열일곱을 미리 준비시켜 두어야 할 걸세."

더 이상 철혈무가에서 지원자가 나오지 않을 것을 염려한 염화탁이 말했다.

"곧바로 준비토록 하겠습니다, 가주."

"강호의 이목이 집중될 것이니 만반의 준비를 갖춰야 할 것이야."

"명심하겠습니다, 가주."

"아, 그리고 말일세. 호위부대장 지후산을 좀 봤으면 하는데. 들라 하게."

* * *

 이리 보고 저리 봐도, 이렇게 보고 또 저렇게 봐도, 윤 같지 않았다.

 하지만 달라진 윤이라 해도 고마운 윤이었고, 더없이 소중한 윤이다.

 멀쩡한 윤의 모습을 처음 봤을 때는 그 충격이 정말 이루 말할 수 없었다. 하지만 그 충격도 이젠 옛말이 되어버린 지 오래였다.

 "왜 웃어?"

 아까부터 턱을 괴고 방긋방긋 웃고만 있는 무유화를 힐끗 쳐다보며 윤이 물었다.

 "그냥."

 서로 마주 앉아 차를 즐기는 윤과 무유화.

 "정말 너, 윤 맞는 거지?"

 "확인시켜 줄까?"

 버릇처럼 묻는 무유화에게 윤이 말했다.

 "어떻게?"

 "이렇게… 차, 차, 차는 뜨, 뜨겁다. 유, 유화는 차, 차를 조, 좋아하고, 유, 윤이는 고, 고기를 좋아한다. 헤…….."

 "푸푸풋!"

 윤의 갑작스런 바보 흉내에 무유화가 한 손으론 입을 가리고 남은 한 손으로 배를 움켜쥐며 까르르 웃음을 터뜨렸다.

"맞지?"

윤이 물었지만 여전히 웃기에 바쁜 무유화였다.

그렇게 한참을 웃던 무유화가 웃음기를 지우곤 물었다.

"왜 아무런 말도 안 해주는 거야?"

"뭘?"

"어떻게 이렇게 변할 수 있는지?"

"나도 모르니까."

"모르는 척하는 건 아니고?"

왜 갑자기 변했는지 그 연유가 궁금할 수밖에 없는 무유화였다.

하지만 윤은 아무런 대답도 해주지 않았다.

그저 매번 모른다고만 대답할 뿐이었다.

"알았어. 이젠 묻지 않을게."

여전히 턱을 괴곤 무유화가 말했다.

그 모습을 바라보며 윤이 미소를 지었다.

'아무것도 바라지 않아. 그저 내 옆에 이렇게 있어주면 난 그것으로 족해. 내 욕심만 채우는 욕심쟁이라 욕해도 좋아. 더 이상 널 떠나보내기 싫으니까.'

무유화가 차를 홀짝거리는 윤을 바라보며 내심 생각했다.

기댈 곳 하나 없던 암흑에 빛이 내렸다.

그래서 너무도 행복했다.

하지만 행복이 더해질수록 혹시나 또다시 이 행복이 깨지지는 않을까 두려움도 덩달아 커졌다.

하지만 애써 두려움을 밀쳐 내는 무유화였다.

"언제까지 바보 흉내를 낼 건데?"

"글쎄."

"그냥 바보로 살면 안 될까?"

윤은 무유화가 왜 이런 말을 하는지 알고 있었다.

하지만 모르는 척 물었다.

"후후, 그건 왜? 바보가 그렇게 좋았어?"

"조, 좋긴, 그냥……."

그렇게 좋았냐는 말에 순간 무유화의 얼굴이 후끈 달아올랐다.

"아! 그나저나 앞으로 월하정을 호위해 주실 가오성 호위대장님께서 오실 때가 되었는데 왜 이리 소식이 없으시지?"

무유화가 괜히 딴청을 피우며 소란을 떨었다.

한편 밖에서는.

"하나만 만들어줘. 윤이가 그러는데 실력 좋다며?"

가오성이 대청 한편에서 빛을 쬐고 있던 노적위의 팔에 매달려 애원했다.

"그런데 왜 자꾸 반말이지?"

통성명도 없이 여전히 하대를 하는 가오성에게 노적위가 슬쩍 인상을 쓰며 말했다.

"나이 차이도 별로 안 나는 거 같은데, 그냥 친구 먹으려고 그러는 거지."

"후훗!"

노적위가 기가 막혀 실소를 흘렸다.

그러다 문득 궁금했던지 그가 물었다.

"몇 살인데?"

"나? 올해 스물아홉. 그쪽은?"

"비슷해."

아니, 비슷하지 않았다.

물론 세 살 차이가 비슷하다면 비슷했지만.

위의 연배인 가오성으로서는 손해가 이만저만이 아닌 일이었다.

"거봐. 내가 딴 건 몰라도 사람 나이는 잘 맞힌다니까. 노적위라고 했지? 반가워, 친구."

탁탁―

노적위를 자신의 동년배쯤으로 생각한 가오성이 반갑게 그의 등을 두드렸다.

그런 그를 힐끗 일견하곤 노적위가 피식 웃음을 지었다.

그 웃음을 허락으로 받아들인 가오성이 노적위에게 다시금 간절하게 말했다.

"그러니까 예쁜 걸로 하나만 만들어줘. 이렇게 친구가 부탁하잖아. 친구 좋다는 게 뭐야? 어려울 때 서로 도와주는 게 친구 아니겠어? 안 그래, 친구?"

"사내가 장신구를 어디에 쓰게?"

"그, 그거? 아, 그냥. 내가 워낙 장신구를 조, 좋아해서."

노적위의 말에 순간 가오성이 당황하여 말을 더듬었다.

그런데 말을 더듬는 가오성의 눈길이 연신 저 멀리서 화초를 가꾸는 소은에게로 향했다.

"소은아, 이리 좀 와볼래?"

그 모습에 노적위가 큰 소리로 소은을 불렀다.

"……?"

무슨 일인가 싶어 쪼르르 달려온 소은.

그런 그녀에게 노적위가 물었다.

"몇 살이니?"

"그건 왜요?"

"그냥 궁금해서."

노적위가 상냥하게 웃으며 말했다.

그에 소은이 별 생각 없이 자신의 나이를 말했다.

"열일곱요. 아참, 한 살 더 먹었으니 올해로 열여덟이네."

"아, 열여덟. 내가 한참, 아주 한참 오라버니인데, 말 놓는 거 기분 안 나쁘지?"

"당연하죠. 호호!"

'이, 이런 썩을 놈!'

노적위가 소은을 부른 의중을 이내 파악한 가오성의 얼굴이 금세 붉게 물들었다.

가오성의 두 눈이 노적위의 뒤통수를 잡아먹을 듯 노려보고 있었다.

"바쁠 텐데 불러서 미안. 가서 일봐."

"네에, 오라버니."

"후후……."

멀어져 가는 소은의 뒷모습을 바라보던 노적위가 고개를 힐 끗 돌려 가오성에게 말했다.

"열여덟이라는데?"
"그게 뭐 어쨌다고?"
"열한 살 차이인데. 거의 갑이네."
"그, 그게 뭐 어쨌다고?"
"아니, 그냥 그렇다고."
'이, 이런 쌍! 쪼, 쪽팔리게.'
가오성의 얼굴이 시간이 지날수록 심하게 일그러졌다.
그런 그를 향해 노적위가 짧게 물었다.
"괜찮겠어?"
"뭐, 뭐가?"
"자신있냐고?"
"그러니까 뭐, 뭐가?"
대체 뭔 말을 하는지 모른다는 척 가오성이 더듬거리며 물었다.
"친구가 된 기념으로 정말 예쁜 걸로 하나 만들어주려 했는데, 별로 내키지 않나 보네."
'이, 이런 독한 새끼! 하아~ 모양새 안 나오게. 쌍!'
약점을 물고 늘어지는 노적위의 얄미운 행태에 가오성이 고개를 푹 숙였다.
그러기를 잠시,
"자, 자신은 없는데……."
"후후후……."
모든 것을 눈치채고 있는 노적위가 피식 웃음을 흘렸다.
그 웃음에 용사량의 어엿한 두 번째 제자인 가오성의 얼굴은 더욱 벌겋게 달아올랐다.

"사나흘 걸릴 거야."

"그, 그래?"

언제 자신이 얼굴을 붉혔냐는 듯 가오성이 화색을 밝히며 말을 더듬었다.

그날 밤.

한낮의 즐거움은 온데간데없었다.

무겁게 내려앉은 분위기 속에 세 사내가 이야기를 나눴다.

"외부의 시선이 몰릴까 걱정입니다."

조심스러운 자세로 노적위가 입을 열었다.

"이미 저자의 시선이 월하정으로 모였는데, 이왕 이렇게 된 거 한번 가는 데까지 가보자고. 어차피 시선을 끌려고 시작했던 일이잖아."

일취월장의 성취를 이룬 가오성이 자신감에 찬 음성을 내뱉었다.

예전 몸을 사리던 그의 모습은 도저히 찾아볼 수가 없었다.

"……!"

의견을 내놓는 쪽은 주로 노적위와 가오성이었고, 듣는 쪽은 대부분 윤이었다.

"둘……."

"……?"

가만히 이야기를 듣고 있던 윤이 둘이라 말하자, 두 사내의 미간이 동시에 좁혀졌다.

"뭔 둘?"
가오성이 궁금증을 참지 못해 물었다.
"두 명은 외부에서, 두 명은 중전에서. 가능하겠습니까?"
윤이 노적위를 바라보며 물었다.
"은영들에게 있어 가능이란 말은 존재하지 않습니다. 그저 모든 것이 영주의 명령에 의해 결정될 일입니다."
윤이 마치 신이라도 되는 양 노적위가 윤을 향해 고개를 숙였다.
그 모습에 가오성이 내심 투덜댔다.
'그놈의 영주는……. 영주가 그렇게 대단해, 저 바보의 명령에 모든 것이 결정 나게? 그리고 중전을 무슨 바보들의 집단인 줄 아나. 참내, 영주라는 게 그렇게 대단한 존재라면 영주가 뭔지 좀 알려주든지. 대체 뭔 비밀이 그렇게 많아.'
느닷없이 나타나 윤을 향해 주군을 대하듯 몸을 굽히는 노적위의 모습이 신기할 수밖에 없는 가오성이었다.
하지만 지금껏 윤과 노적위가 무슨 관계로 엮인 사이인지 도무지 알 수가 없었다.
그렇게 묻고 또 묻고를 반복했지만, 돌아오는 대답은 항상 '그런 게 있다'라는 말뿐이었다.
내심 답답하고 서운했지만, 어쩔 수 없는 일이었다.
"둘에게 전해주세요. 목숨만 살려두면 된다고."
"곧바로 연락을 취하겠습니다."
마치 모든 일이 이미 결정된 듯 윤이 말했다.
"얀마, 중전무사들이 호구로 보이냐? 호위대랑 철혈검대야.

결코 만만한 놈들이 아니라고. 목숨을 걸고 싸워도 모자랄 판에, 뭐? 목숨은 살려두라고? 이거야 원, 어이가 없구만, 어이가 없어."

가오성이 고개를 절레절레 흔들며 정말 어이가 없다는 듯 중얼거렸다.

그런 그에게 윤이 피식 웃으며 말했다.

"자신없으면 빠져."

"내가 왜 빠져? 내 말은, 내가 걱정되는 게 아니라 그 은영인가 뭔가 하는 애들이 걱정이란 말이지. 솔직히 말해서 애도 좀 걱정이고. 생긴 건 기생오라비처럼 생겨서 힘이나 쓰겠어."

가오성이 노적위를 턱 끝으로 가리키며 말했다.

"후후후……."

가오성의 말에 할 말을 잃었는지 노적위가 피식 웃음을 지었다.

"어쨌든 월하정의 호위대가 구성되면 저들도 움직일 수밖에 없을 겁니다. 모든 예상이 빗나간 결과가 나올 테니 말입니다. 그 혼란스러움을 이용해 시간을 벌어야 합니다. 염화탁에게 반감을 가진 이들을 포섭할 수 있는 시간이 우리에겐 절대적으로 필요합니다. 물론 그 시간이 길면 길수록 우리에게 유리해지겠지요."

윤이 미소를 지우며 의미심장한 눈빛으로 노적위와 가오성을 번갈아 보며 말했다.

그에 두 사내가 동시에 고개를 끄덕였다.

*　　　*　　　*

　인산인해(人山人海)라는 것이 바로 이런 것인가 싶었다.
　그야말로 발 디딜 틈 없을 정도로 대전에는 사람들로 바글바글했다.
　금자 한 관의 위력이 절로 실감되는 순간이었다.
　장내를 정리하는 데만 꼬박 한 시진이 소요될 정도였다.
　더 놀라운 사실은 오늘이 월하정 호위무사를 뽑는 첫날이라는 것이다.
　이레의 일정으로 진행될 계획이니 그 인원이 얼마나 많은지 충분히 가늠할 수 있는 일이었다.
　반대로 외전과 달리 중전의 분위기는 그야말로 한산 그 자체였다.
　염화탁의 예상대로 정확히 오십의 인원이 월하정의 호위무사가 되기를 자처했다.
　오늘 하루 그 대결을 벌이면 이레 뒤에 외전에서 뽑힌 스물다섯 명의 인물과 경합을 벌이면 되는 것이었다.
　"……."
　중전의 연무장 주위로 철혈무가의 식솔들이 잔뜩 모여 있었다.
　물론 북적북적 대는 외전에 비할 바는 아니지만, 그래도 예상 외의 인원이었다.
　비무를 벌이는 상대들의 이름만 봐도 그 결과를 맞힐 수 있는 빤한 경합이었다.

서로 간의 실력 차도 실력 차지만, 이미 중전의 계획이 파다하게 퍼진 상황이었기 때문이다.

그럼에도 불구하고 이토록 많은 인원이 모인 것은 모두가 윤과 가오성의 덕분이었다.

이곳에 모인 인원 전부가 그 둘의 비무를 보고자 모였다 해도 과언이 아닐 정도였다.

역시나 스물세 번째까지의 비무는 시시하기 그지없었다.

서로 간 나름 격한 몸놀림을 보였다지만, 철혈무가 무사들의 관심을 받기엔 뭔가 부족함이 있었던 것이다.

그저 무공을 모르는 식솔들만이 와와 소리를 질렀을 뿐이다.

하지만,

"와와! 오성이다!"

"하하하! 정말! 오성 성님이네! 오성 성님! 와와와!"

중전의 연무장을 가득 메우다시피 모여든 외전 무사들이 가오성의 이름을 외쳤다.

아무리 중전무사 가오성이지만, 외전에서 가오성과 부대낀 기간이 길어서 그런지 그를 응원하는 목청이 중전을 쩌렁쩌렁 울렸다.

"아이고, 불쌍한 놈! 죽지나 않으면 다행이지. 쯧쯧!"

분위기에 들떠 다들 목청이 터져라 가오성을 외치지만, 몇몇 무사들은 가오성의 안위를 걱정하기에 급급했다.

그도 그럴 것이, 가오성이 상대해야 할 자가 다름 아닌 중전 호위부대장 지후산이었던 까닭이다.

말 그대로 둘의 관계는 견원지간(犬猿之間)이었다.
철혈무가의 어지간한 무사들은 다 아는 사실이었다.
"쩝!"
이토록 환호성을 받기는 또 처음인지라 어색한 표정으로 가오성이 연무장 중앙으로 걸음을 옮겼다.
"이리 만나게 되다니, 정말 반갑기 그지없구나."
먼저 연무장 중앙에 나와 가오성을 기다리고 있던 지후산이 비릿한 미소를 지어 보였다.
"눈빛을 보아하니 당장에라도 목젖을 딸 기세 같소."
가오성이 삐딱한 시선으로 퉁명스런 음성을 내뱉었다.
'요절을 할 팔자라니. 후후, 불쌍한 놈.'
지후산이 건방진 자세로 서 있는 가오성을 불쌍한 듯 바라봤다.
어찌 불쌍하지 않을까.
이 비무를 끝으로 이 좋은 이승을 떠나 저승으로 갈 팔자거늘.
염화탁으로부터 비밀 임무를 부여받은 지후산.
그 명령은 가오성의 죽음이었다.
처음엔 정말 내키지 않는 명령이었다.
아무리 자신이 가오성을 싫어한다지만, 그를 죽일 정도로 싫어한 건 아니었다.
하지만 그 대가가 중전호위대장이란 자리라면 상황은 분명 달랐다.
"예(禮)!"

비무 주관자의 입에서 웅후한 일갈이 터졌다.

그 일갈에 가오성과 지후산이 비단 휘장이 쳐진 상단에 앉아 있는 염화탁을 향해 깊은 예를 취했다.

"준비들 되었나?"

비무 주관자가 가오성과 지후산을 번갈아보며 말했다.

끄덕—

동시에 두 사내가 고개를 끄덕였다.

그 모습을 확인한 비무 주관자가 마침내 스물네 번째 경합의 시작을 알렸다.

"시작하라!"

"와와!"

그 기세가 만만치 않았다.

그저 검을 겨누고 있을 뿐인데.

'그간 땀 좀 흘렸나 보구나, 자세가 반듯한 걸 보니.'

그래 봐야 어차피 죽을 놈이란 사실을 상기하며 지후산이 내심 이죽거렸다.

더불어 중전호위대장이 된 자신의 당당한 모습을 생각하며 흐뭇한 미소를 지었다.

"……."

좀처럼 움직이지 않는 두 사내.

마치 석상이라도 된 양 두 사내는 미동조차 없었다.

그 시간이 지루할 법도 하련만, 구경꾼 그 누구도 지루한 표정을 짓지 않았다.

오히려 마른침을 꿀꺽 삼키며 잔뜩 상기된 얼굴로 온 신경을 연무장에 집중시켰다.

"……."

지후산의 머릿속은 온통 가오성의 목숨을 어떻게 취할까 하는 고민뿐이었다.

물론 지금 당장에라도 검을 휘둘러 가오성의 목젖을 그으면 그만이지만 그럴 수는 없었다.

어떻게 해서든 실수를 가장해 목숨을 끊어야만 했다.

이런 이유로 인해 쉽사리 움직일 수 없었던 지후산이다.

'저 씁쌔! 지금 뭐 하는겨, 빨랑 안 덤비고?'

가오성이 계속해서 뜸을 들이는 지후산을 노려보며 내심 중얼거렸다.

일류고수와 대면한 상태임에도 가오성의 표정엔 그 어떤 긴장감도 존재하지 않았다.

예전이었다면 지후산의 일검에 그대로 나자빠질 가오성이지만, 지금의 가오성은 예전의 그가 결코 아니었다.

"쫄았냐, 씁쌔야?"

긴 침묵 끝에 가오성이 짧게 약을 올렸다.

"뭐, 뭐라?"

갑작스런, 아니, 결코 상상할 수 없었던 가오성의 망발에 순간 지후산의 두 눈썹이 씰룩거렸다.

동시에 그의 전신으로 진한 살기가 솟구쳤다.

더불어 어떻게 실수를 가장할 것인지를 고민하던 그의 머릿속이 그 순간 하얗게 텅텅 비어버렸다.

가오성의 짧은 몇 마디가 가져온 파장은 그야말로 엄청난 결과를 초래했다.
"노옴!"
지후산의 입에서 섬뜩한 일갈이 터져 나왔다.
그와 동시에 그가 움직였다.
더 이상 생각이고 자시고 할 것이 없었기 때문이다.
츠으웃!
단지 일 보를 내디뎠을 뿐인데 지후산의 신형이 미끄러지는가 싶더니 어느새 가오성의 면전까지 들이닥쳤다.
철혈무가의 상급 서열들만이 익힐 수 있다는 사보(蛇步)였다.
차아앙!
실수를 가장한다는 것 자체가 이제는 무리인 듯 지후산의 일검이 그대로 가오성의 심장을 꿰뚫으려 짓쳐들었다.
'네놈이 스스로 죽음을 부르는구나!'
씁쌔라니.
일검이면 족할 놈이었다.
하늘이 불쌍히 여긴다면 이번 일검을 막을 것이고, 재수가 없다면 그대로 즉사할 일이었다.
이젠 아무래도 상관없었다.
대로한 지후산에겐 아무것도 생각이 나질 않았고, 보이질 않았으니 말이다.
까아앙—
하늘이 도왔음이다.
아슬아슬하게 지후산의 일검을 비껴낸 가오성이 진땀을 빼내며 겁에 잔뜩 질린 듯 신형을 뒤로 훌쩍 물렸다.
 그런데,
 "푸풋!"
 이마로 굵은 핏대가 솟아오른 지후산을 바라보며 가오성이 비릿한 표정을 지으며 웃음을 지었다.
 비록 전력은 아닐지라도 하급무사 가오성이 저리 쉽게 회피할 수 있는 공격이 아니었다.
 정말 저놈이 용뼈라도 삶아 먹었단 말인가.
 지후산의 생각이었다.
 "……."
 순간 두 사내의 눈빛이 찰나지간 마주쳤다.
 '저, 저놈이!'
 '뭘 봐, 씁쌔야! 아직 시작도 안 했는데.'
 지후산을 바라보는 가오성의 두 눈이 분노에 젖어 이글이글 타올랐다.
 약자와 없는 자에게는 지옥의 사신처럼 군림하던 자였다.
 하지만 강자와 있는 자에게는 간, 쓸개라도 빼줄 것처럼 손발이 닳도록 비비던 놈이었다.
 자신의 안녕과 성공을 위해서라면 타인의 아픔과 슬픔쯤은 당연하다 여기던 인간.
 지후산은 타고난 천성이 그런 자였다.
 가오성 또한 약자였고 없는 자였기에 비열한 지후산에게 비굴한 모습으로 고개를 조아릴 수밖에 없었다.
 이 모진 세상 살기 위해선 어쩔 수 없는 일이었다.

하지만,

'약속대로 지옥을 보여주마.'

가오성이 하급무사들의 표식이라 할 수 있는 빛바랜 철검을 꽈득 움켜쥐며 일 보를 내디뎠다.

"셋, 둘, 하나……. 더 될 수도 있고."

무슨 의민지도 모를 말을 중얼거리곤 가오성이 지후산을 향해 쾌보(快步)를 밟았다.

이름하여 오성보라 명명된 용노야가 전수해 준 절묘한 보법이었다.

파앗!

그 움직임이 빛처럼 빨랐다.

아니, 나부끼는 잎새처럼 한없이 느렸다.

그런데 어느 순간,

가오성의 신형이 지후산의 시야에서 거짓말처럼 싹 사라졌다.

"헛!"

일순 그 움직임을 놓쳐 버린 지후산의 입에서 절로 헛바람이 새어 나왔다.

바로 그 순간,

빠아악!

사라졌던 가오성이 또다시 거짓말처럼 나타나 섬뜩한 미소를 짓곤 빛바랜 철검의 손잡이 끝으로 지후산의 턱을 그대로 강타했다.

"커허!"

지후산의 입에서 시뻘건 핏물과 헛바람이 동시에 토해졌다.

그와 동시에 그의 잇몸에서 핏물에 젖은 희멀건 이가 우수수 털려 나왔다.

휘청—

얼마나 그 충격이 컸는지 지후산의 동공이 일순 흐릿하게 풀리며 그의 상체가 휘청거렸다.

도무지 믿을 수 없는 상황이었다.

지후산이 누구던가.

그 성정은 어떨지 모르겠지만, 무위만큼은 좋든 싫든 인정할 수밖에 없는 인물이다.

그런 그가 일검을 내지른 후 지금 이 순간 동공마저 풀린 채 휘청거리고 있었다.

과연 이 상황을 어찌 해석해야 할지.

연무장에 시선을 둔 철혈무가의 모든 인물들이 입을 떡하니 벌리곤 크게 당황하는 건 어찌 보면 당연한 결과라 할 수 있었다.

놀라움은 여기서 멈추지 않았다.

빠각—

"크흐흑……."

지후산의 턱이 맥없이 돌아가기가 무섭게 가오성의 좌측 주먹이 이번엔 휘청거리는 지후산의 옆구리에 푹 처박혔다.

그와 함께 갈빗대가 부러지는 섬뜩한 소음이 허공에 울려 퍼졌다.

경악스러운 일이었지만, 정말 눈 깜짝할 사이 동시다발적으로 일어난 일들이었다.
 "오, 오, 오성이가 서, 설마 이기는겨?"
 낙승한이 넋 나간 사람처럼 입을 떡 벌리곤 중얼거렸다.
 지금 이 순간 넋 나간 사람이 어디 그뿐일까.
 장외는 그야말로 경악에 두 눈을 부릅뜬 사람들 천지였다.
 하지만 자신을 향한 그런 시선들을 아는지 모르는지 가오성의 이글거리는 두 눈은 오직 지후산만을 향할 뿐이었다.
 "앞으로 그 손으로 검을 휘두를 일은 없을 것이다."
 쐐애액!
 서걱—

 중전이 떠나갈 듯 엄청난 환호성이 울려 퍼질 줄 알았는데, 장외는 그야말로 쥐 죽은 듯 고요했다.
 그 침묵을 느끼며 가오성이 연무장을 느릿하게 벗어났다.
 가오성의 등을 향해 오른손이 잘려 나간 손목을 급하게 지혈한 지후산이 원독에 찬 음성을 내뱉었다.
 "하, 한 수를 숨겨두었구나. 하나 그것으로 넌 죽을 것이다. 아니, 내 손으로 직접 죽일 것이다. 내 반드시 네놈의 숨통을 끊을 것이다. 기다리고 있거라. 네놈과 관련된 그 모두를 갈기갈기 찢어 죽일 것이니 말이다."
 "네놈 맘대로 해라. 하지만 이거 하나만은 기억해 둬라. 만약 사라진 노야와 훈련대장께 한 점 불미스런 일이라도 생긴다면 그땐 중전이고 나발이고 모조리 쓸어버릴 테니까. 알았냐, 이 쓉쌔야?"

연무장이 떠나갈 듯 뒤늦게 함성이 울려 퍼졌다.

연무장에 모여든 사람들이 너나할 것 없이 침을 튀겨가며 떠들어댄 결과였다.

"와! 정말 바, 바보다! 하하!"

"드디어 바보무사께서 납셨다! 와와와!"

"내가 저놈 언젠가 사고 한번 크게 칠 줄 알았다. 이번엔 정말 제대로 한번 사고를 치는구나! 하하하!"

장외로 모여든 사람들이 너나 할 것 없이 침이 마르도록 떠들며 웃어댔다.

그 소음이 함성에 묻혀 옆 사람에게조차 들리지 않건만, 그들의 종알거림은 좀처럼 멈추질 않았다.

"오성이가 이겼으니 혹시 알아? 우리 바보무사께서 단 조장을 이길지. 하하하!"

"그럼 우리 내기 한번 할까? 난 단 조장에게 걸 테니 네놈은 바보무사께 걸어라. 죽엽청 닷 병에 오리구이 한 마리. 어떠하냐?"

검을 품은 한 무사가 옆 사내의 귀에 대고 배꼽에 힘을 주며 외쳤다.

이에 사내가 인상을 팍 찡그리며 대답했다.

"그냥 말이 그렇다는 거지, 이놈아! 어쨌든 난 바보 편이다! 하하하! 바보무사 힘내라!"

철혈무가가 이토록 우렁찬 함성으로 쩌렁쩌렁 울린 적이 과연 언제였던가.

가오성의 신기에 가까운 몸놀림 때문이 아닌 윤이 연무장에 올라선 결과였다.

　'조, 조심해.'
　환호성을 내지르는 대부분의 사람들과 달리 염화탁의 옆자리 앉아 연무장을 지켜보는 무유화의 고운 두 손엔 뜨거운 땀이 흘렀다.
　윤을 믿고는 있지만, 단필엽의 무서움을 알기에 혹시나 하는 마음에 심장이 콩닥콩닥 뛰었다.
　"……."
　한편 연무장을 지켜보는 염화탁과 음서서의 표정은 무유화와 또 달리 딱딱하게 굳어 있었다.
　가오성과 지후산의 말도 안 되는 경합 결과를 두 눈으로 직접 지켜봤으니 당연한 일이었다.

　척—
　절도있는 동작으로 검의 손잡이에 오른손을 올려놓는 단필엽.
　그의 매서운 눈빛이 윤의 두 눈으로 쏘아졌다.
　'무언가 숨기고 있군.'
　단필엽이 윤의 느긋한 자세를 예리하게 쓸어보며 생각했다.
　느긋한 모습이었지만, 윤의 전신에서 심상치 않은 기운을 느꼈기 때문이다.
　'정녕 용노야의 진전을 저 바보가 이었단 말인가?'

호위무사가 되다 (상) 145

단필엽이 내심 중얼거렸다.
그 기운만으론 장담할 수 없는 일이었다.
하지만 그 기도를 보아하니 왠지 그럴 수도 있다는 느낌이었다.
'가오성도 그렇고 저 바보도 그렇고.'
"으음……."
단필엽이 가벼운 한숨을 내쉬었다.
윤과 가오성이 월하정의 호위무사를 지원했다는 사실을 접했을 땐 그저 웃을 수밖에 없었다.
그런데 거들떠보지도 않던 하급무사 가오성이 중전 상급무사 지후산의 손목을 가차없이 잘라 버렸다.
치열한 결투가 벌어진 것도 아니었다.
말 그대로 순식간에 벌어진 일이었다.
이는 무엇을 의미하는 것일까.
'겪어보면 될 터!'
이내 상념을 접은 단필엽이 고색창연한 빛깔의 보검을 뽑아 들었다.
"준비되었는가?"
"헤헤!"
단필엽이 검을 뽑아 겨누자 비무 주관자가 말했다.
그에 단필엽이 굳은 얼굴로 고개를 끄덕인 반면, 윤은 바보 웃음을 지으며 고개를 끄덕였다.
"시작하라!"

아무런 대화도 오가지 않았다.

지금까지 벌어진 비무를 보자면 서로 간에 몇 마디의 인사와 넉살좋은 농들이 오갔건만, 그것들과 사뭇 다른 이질적인 기운이 두 사내를 갈라놓았다.

"오너라."

단필엽이 웃음 짓는 윤을 향해 짧게 말했다.

바보 윤을 상대로 먼저 손을 쓴다는 것이 꺼림칙했던 까닭이다.

"꽤, 괜찮겠어?"

윤이 실실 웃으며 물었다.

평상시라면 미간이 잔뜩 좁혀질 일이었지만, 단필엽의 표정은 의외로 담담했다.

"괜찮으니 오너라."

단필엽이 혹시나 하는 마음에 긴장의 끈을 놓지 않고 나지막이 말했다.

그에 윤이 전방으로 느릿하게 커다랗게 일 보를 내디디며 용혈검을 허리춤으로 바짝 끌어당겼다.

그 모습이 마치 예전의 윤이 기마자세로 비질을 하던 것과 매우 흡사했다.

그 모습에 장외는 그야말로 포복절도(抱腹絶倒)하기 일보 직전이었다.

정말 흔히 볼 수 있는 자세가 아니었다.

통상적인 검객이라면 상대의 인중을 향해 발검을 취하는 것이 보통인데, 윤의 자세는 많이 특이했다.

아니, 엉성하기 그지없는 어설픈 자세였다.
그래서일까.
단필엽의 표정이 보기 흉하게 구겨졌다.
'내가 너무 과민했던 것인가?'
가오성과 지후산의 대결에 큰 충격을 받은 단필엽이 윤의 엉성한 자세를 보며 내심 중얼거렸다.
하지만 그 순간,
스으으—
차앙!
윤의 발끝이 매끄럽게 연무장을 씀과 동시에 용혈검이 느릿한 회전을 하다 일순 그 검끝이 허공의 한 점을 향해 딱 멈춰 섰다.
그런데,
"……."
우연인지 몰라도 용혈검의 검끝이 향한 곳은 놀랍게도 저 멀리 앉아 있는 음서서의 아름다운 미간이었다.
지이이잉—
용혈검의 검신에서 기이한 울음이 토해졌다.
그 울음을 느꼈음인가.
음서서가 당황한 표정으로 저 멀리 연무장의 윤을 바라봤다.
하지만 그것은 순간이었다.
다시금 윤이 검무를 추듯 유려한 몸짓으로 용혈검의 검로를 단필엽을 향해 틀어버렸다.
"……!"

돌변한 윤의 자세.

빈틈을 찾을 수 없는 윤의 완벽한 발검에 단필엽의 얼굴이 순간 딱딱하게 굳어졌다.

검과 함께 한 이십여 년의 세월 동안 상대의 발검 자세만으로 이토록 긴장한 적이 과연 몇 번이었던가.

'진정 용노야의 구천류검을 저 바보가 익혔단 말인가.'

용사량의 구천류검을 본 적은 없지만, 윤이 주는 그 위압감만으로도 저자에 소문으로만 떠도는 용혈검 용사량과 대면한 느낌이었다.

'아니, 아닐 것이다. 어찌 저 바보가 용노야의 구천류검을 익힐 수 있단 말인가.'

단필엽이 고개를 세차게 흔들며 내심 강하게 부정했다.

하지만 우습게도 강하게 부정하면 할수록 그의 긴장감은 더더욱 부풀어 오를 뿐이었다.

그런데 그때였다.

"혈아의 일검을 받아낸다면 그땐 나의 패배를 인정하지요."

"……?"

"왜, 바보가 바보 같지 않아 이상합니까? 후후……."

단필엽의 전신으로 그토록 치솟던 긴장감이 윤의 서늘한 음성에 일순 거짓말처럼 싹 사라졌다.

그 순간 윤이 번개처럼 움직였다.

파앗—

분명 윤은 하나인데, 그 한 명의 윤이 수십의 윤으로 나뉜 느낌이었다.

감히 눈으로 쫓을 수 없는 빠르기.

하지만 멍하니 당할 수는 없는 일.

윤이 움직임과 동시에 단필엽 또한 자신의 신형을 쾌속하게 뽑아 올렸다.

타앗!

심상치 않은 느낌에 단필엽은 자신이 알고 있는 최고의 절기를 펼쳤다.

철혈검대의 조장들만 익힐 수 있는 섬전파(閃電波)가 바로 그것이었다.

쐐애액—

단필엽의 검끝이 번개처럼 윤의 목젖을 파고들었다. 철혈검대의 한 기둥을 이끄는 수장다운 멋진 일격이었다.

그런데,

까가강—

분명 목젖이 꿰뚫리는 섬뜩한 소음이 울려야 정상이건만, 고막을 찢을 듯 고성의 금속성이 대기를 찢어발겼다.

그리고 금속성이 공기 중으로 채 사라지기도 전에 경악할 일이 벌어졌다.

부르르—

진한 살기를 머금은 혈아의 검끝이 단필엽의 목젖에 닿아 위태로운 경련을 일으켰다.

그 모습에 장외의 모든 이들이 두 손으로 입을 틀어막곤 마른침을 꿀꺽 삼켰다.

"……."

거짓말처럼 딱 끊긴 환호성.

순간 더할 나위 없이 고요한 정적이 순식간에 중전 전체를 집어삼켰다.

그 분위기가 가오성과 지후산의 대결 후의 그것과 또 다른 느낌이었다.

'느, 느끼지도 못했거늘… 어, 어떻게……!'

단필엽이 경악해 두 눈을 부릅떴다.

그런 단필엽을 싸늘히 바라보며 윤이 한기 서린 음성을 내뱉었다.

"구천류검이 아니라 가주의 무상류였소."

'무, 무상류!'

따다당—

윤의 음성에 단필엽이 크게 놀라 우수에 쥐고 있던 검을 떨어뜨렸다.

무상류(無想流).

무진강이 죽고 단절되었다 여겨지던, 현존하는 최고의 검술 중 하나인 무진강의 무상류가 드디어 그 모습을 드러낸 순간이었다.

第六章 호위무사가 되다 (하)

수호무사

야단법석이 따로 없었다.

그리고 그 분위기가 외전과 중전을 경계로 실로 첨예하게 갈렸다.

한쪽이 명(明)이라면 다른 한쪽은 분명 암(暗)이었다.

무진강이 죽고 난 후 냉대와 멸시만을 받던 외전은 그야말로 잔치 분위기였다.

그와 정반대로 중전은 그야말로 암울함의 연속이었다.

가오성과 윤의 승리가 가져온 엄청난 결과였다.

비록 중전무사 가오성이지만, 외전무사들은 결코 그를 중전무사로 생각하지 않았다.

물론 가오성을 외전을 배신한 놈이라고 손가락질하는 무사들도 있었지만, 그들 또한 가오성이 지후산의 손목을 가차없이 잘

랐을 때, 그 마음을 미련없이 툴툴 던져 버렸다.

커다란 충격을 받은 듯 장내의 분위기는 엄숙할 정도로 무거웠다.
장내에 모인 사람들 전부가 염화탁의 오른팔을 자처하는 인물들이었고, 현 철혈염가의 중추들이었다.
그들 모두가 벙어리가 된 양 침묵했다.
아니, 모두들 염화탁과 음서서의 눈치를 보는 데 급급했다.
"호위부대장은 어찌 되었나?"
침묵을 깨며 염화탁이 물었다.
"그 부상 정도가 심해 몇 달간 요양이 필요할 것 같습니다. 면목없습니다, 가주."
중전 훈련대장 심도학이 고개를 숙인 채 대답했다.
"단 조장은?"
"패배의 충격이 컸는지 그 어떤 말도 하지 않고 외부와 접촉을 일체 피하고 있습니다. 면목없습니다, 가주."
이번엔 철혈검대를 이끌고 있는 수장인 안우문이 힘없이 대답했다.
"얘기해 보라. 어찌 중전의 하급무사인 가오성이 중전의 호위부대장을 저 꼴로 만들 수 있단 말인가! 바보 윤은 또 어떠한가! 어찌 단 조장이 제대로 된 공격 한번 펼치지 못하고 허무하게 검을 떨어뜨릴 수 있단 말인가!"
염화탁이 결국 끓어오르는 분을 참지 못하고 고개 숙인 좌중을 향해 언성을 높였다.

그럴수록 좌중의 고개는 더욱 숙여질 뿐이었다.

그 모습에 음서서가 내심 냉소를 날렸다.

'흥! 자리나 지킬 줄 알았지, 대체 하는 일이 무어란 말인가!'

"외전의 분위기는 어떠한가?"

"그, 그것이……."

철혈염가의 살림을 도맡아 꾸리고 있는 하 총관이 감히 입을 열지도 못하고 머뭇거렸다.

"한 점 거짓 없이 말하라."

'외전주도 있거늘 왜, 왜 하필 나에게…….'

공손히 허리를 숙인 채 저 멀리 시립하고 있는 하 총관의 이마로 굵직한 땀방울이 흘러내렸다.

사실대로 고하자니 염화탁의 날벼락이 두려웠고, 그렇다고 다 아는 사실을 거짓으로 고할 수도 없는 노릇이고.

하 총관은 진퇴양난이 바로 이런 것인가 문득 생각했다.

'에라, 모르겠다. 대관절 내가 무슨 죄가 있다고!'

"상당히 들뜬 분위기로 모두들 가오성과 윤이 벌인 경합을 지금껏 떠들고 있습니다. 마치 그들이 외전의 자존심을 살린 영웅인 양 침이 마르도록 칭송하고 있습니다. 그래서인지 몇몇 이들은 그들을 곁에 두게 될 아가씨까지 칭송하고 있습니다. 더불어 사라진 용노야의 대단함을……."

탁!

"그만!"

굵직한 눈썹을 치켜뜨며 염화탁이 탁자를 후려쳤다.

"……."

모두들 예상치 못한 결과에 어안이 벙벙할 지경이었다.

철혈염가로의 완벽한 변화를 꾀했다 여겼거늘.

마른하늘에 날벼락이라더니 딱 이런 상황을 두고 하는 말 같았다.

무유화가 월하정의 호위대를 구성한다고 말했을 땐 모두들 스스로 제 무덤을 파려는 그녀의 어리석은 행동에 코웃음을 쳤다.

월하정의 호위대원 모두가 염화탁의 심복인 중전의 무사들로 채워질 것이기에 그들의 생각은 어찌 보면 당연한 일이었다.

그런데 월하정의 호위대를 이끌 인물로 지목이 되었던 지후산과 단필엽이 힘 한번 쓰지 못하고 그대로 나자빠졌던 것이다.

"……"

모두가 고개를 숙인 채 각각의 상념에 빠져 미간을 잔뜩 찌푸렸다.

그들의 머릿속을 채운 상념은 모두 똑같았다.

바보 윤과 하급무사 가오성이 어찌 저토록 강해질 수 있었는지에 대한 의문.

바로 그것이었다.

"그토록 심혈을 기울인 철혈염가로의 재편이거늘, 어찌 외전의 시선이 월하정으로 쏠린단 말인가!"

염화탁의 입에서 다시금 일갈이 터져 나왔다.

그때였다.

"가주, 그리 화만 내실 일은 아니라고 봅니다. 윤과 가오성이 어떤 기연을 얻어 저리 강해졌는지는 모르겠으나, 어리석게도 스스로 이빨을 드러낸 꼴이니 오히려 잘된 일일 수도 있질 않겠습니까."

잠자코 장내의 분위기만을 주시하던 음서서가 마침내 입을 열었다.

"으음……."

느긋한 음서서의 음성에 흥분하던 염화탁의 태도가 사뭇 달라졌다.

그런 염화탁에게 음서서가 또다시 입을 열었다.

"여우처럼 그 속내를 숨긴 자들입니다. 작정하고 그 속내를 숨겼는데, 가신들이라고 어찌 눈치나 챌 수 있었겠습니까. 그들에 대한 일은 최종 경합이 끝난 후 결정을 내리셔도 큰 문제는 없을 듯합니다. 그러니 가주, 그만 노여움을 푸십시오. 아직 최종 경합이 남아 있음입니다."

무거웠던 분위기가 음서서의 몇 마디에 거짓말처럼 스르륵 녹아내렸다.

*　　　*　　　*

어둠이 내린 술시 말 무렵.

철혈무가 인근의 한 객잔에서 평범한 옷차림의 한 사내가 늦은 저녁을 홀로 먹고 있었다.

한번 보면 절대 잊지 못할 것 같은 절세의 외모를 갖춘 미남이었다.

사내, 유운객잔의 객주 건유운이었다.

"보는 눈이 많으니 모르는 척 자연스럽게 움직여라."

건유운이 자신의 자리로 다가온 노적위에게 입술을 달싹이며 나지막이 말했다.

그에 노적위가 살짝 고개를 끄덕이곤 입을 열었다.

"노적위라 합니다."

"건유운입니다."

작지 않은 음성으로 둘이 가볍게 통성명을 주고받았다.

"최종 경합에 오른 것을 축하하오. 그대와 손을 섞지 않아도 돼 천만다행이라 생각하오."

"별말씀을……. 그건 제가 할 말입니다."

건유운과 노적위 사이로 마음에도 없는 말이 오갔다.

건유운과 노적위가 최종 경합에 오른 것은 이미 예정된 수순 중 하나일 뿐이었다.

"제가 머무는 객잔에 좋은 술 두어 병을 구해놓았는데, 동료가 될지도 모를 건 대협께 감히 술을 한잔 청하고 싶은데… 어떠하시오. 실례가 아니라면……."

"저야 고마울 뿐이지요."

약속이라도 한 듯 둘의 의견이 척척 들어맞았다.

그런 건유운과 노적위를 바라보는 시선이 적지 않았다.

아니, 객잔 내부에 있는 모든 이들이 부러움 가득한 눈길로 그 둘을 힐끔힐끔 쳐다봤다.

"저치들이 바로 그들이라니까?"

"월하정 호위무사 선발에 최종 경합까지 오른 그 사람들 맞지?"

"그렇다니까."

"햐아! 그나저나 사람이 어찌 저렇게 생길 수가 있는 것인가? 남자인 내가 봐도 홀딱 반할 정도구만. 캬햐! 정말 기가 막히게 생겼구만."

사내가 건유운을 슬쩍 바라보며 감탄을 터뜨렸다.

"무공 실력은 또 어떻고. 지금까지 저치의 삼초를 받은 이가 한 명도 없다지 않나."

"대체 저자가 누구래?"

"그거야 나도 모르지."

"그런데 말이야, 저 사람은 철혈무가의 그 바보 놈과 같이 온 자라며?"

"그렇다고 하는데."

"저 사람도 대단하다 들었는데."

"말도 말게. 그 손속이 얼마나 악랄한지 저치와 대결을 피한 자가 한둘이 아니었다니까."

"역시 금자의 힘이 대단하긴 하네. 저런 고수들이 몰린 걸 보면 말이야."

"혹시나 해서 지원했는데 역시나 이 꼴이라니. 어디 표사 자리나 함 구해봐야지. 쩝!"

"그나저나 누군 저리 태어나게 하시고 누군 이렇게 태어나게 하시고, 하늘도 참 무심하네, 정말."

모든 이의 시선 속엔 부러움만 가득했다.

자연스럽게 자리를 옮긴 건유운과 노적위.

먼저 입을 연 사람은 건유운이었다.

"영주께서는 무탈하시더냐?"

"그렇습니다."

"으음……."

건유운이 다행이라는 표정으로 고개를 살짝 끄덕였다.

"경합의 순서는 어찌 되었나?"

"다행히 겹치진 않았습니다."

"다행이군. 철혈무가의 분위기는 어떠한가?"

"중전의 움직임이 심상치 않습니다. 아무래도 영주와 가오성의 무위(武威)에 크게 놀란 듯싶습니다."

"영주께서 직접 나서실 줄은 몰랐거늘……."

"저 또한 극구 말렸지만, 영주의 의지가 너무나도 확고하셔서……."

"복안을 가지고 계실 터. 너무 심려치는 말거라."

"알겠습니다."

노적위가 짧게 대답했다.

하지만 무언가 꺼림칙한지 노적위가 곧바로 걱정스러운 음성을 내뱉었다.

"은영들을 좀 더 불러들이는 것이 어떻겠습니까? 저들의 움직임이 아무래도 마음에 걸립니다."

"그건 부영주와 상의 후 결정토록 할 것이니 차후에 알려주마. 물론 영주께서 어떤 결정을 내리실지 장담할 수는 없지만……."

노적위와 건유운은 아직까지 완전하지 않은 윤의 상태를 걱정하고 있었다.

 하지만 경합 때 보인 윤의 모습에 한편으론 그 걱정의 일부를 조금이나마 내려놓을 수 있었다.

 순식간에 펼쳐진 단 일 수의 움직임이었지만, 건유운과 노적위는 분명히 볼 수 있었다.

 윤의 손끝에서 전대 영주였던 무진강의 무상류가 펼쳐졌다는 것을.

 "용혈검께서는 어떠하신지……. 분루를 삼키시는 영주를 뵈었습니다."

 은영으로서 결코 꺼내서는 안 될 말을 내뱉은 노적위가 건유운의 처분만을 기다린다는 듯 고개를 숙였다.

 그런 그를 향해 건유운이 으레 그랬듯 부드러운 음성으로 말했다.

 "삼악도(三惡道)의 수련에서 살아남은 은영치고는 그 마음이 무척 솔직하구나."

 "무례를 벌하여 주십시오."

 "아니, 솔직한 네 마음이 보기 좋구나. 하나 다음엔 조심토록 하라."

 "명심하겠습니다."

 여전히 고개를 숙인 채 노적위가 말했다.

*　　*　　*

 철혈무가의 무사들과 외부에서 선발된 무사들이 벌인 경합 결과, 최종 경합까지 오른 인물은 총 열여덟이었다.

무려 그중 열둘이 철혈무가의 인물이었다.

하지만 그 결과를 보고도 염화탁의 안색은 썩 좋지 않았다.

아무리 이변이 일어나도 구 할 이상의 인원이 중전무사로 채워질 줄 알았는데, 뚜껑을 열어보니 영 판판의 결과가 나왔기 때문이다.

하지만 어쩔 것인가.

어쨌든 이제는 최종 경합의 결과를 지켜볼 수밖에 없었다.

'스스로 호랑이 굴로 기어들어 온 줄 알았는데 호랑이새끼를 살려둔 것은 아닌지. 제대로 일 처리를 했다면 이런 일 따위는 벌어지지 않았을 것을. 대체 저자의 정체는 또 무엇이란 말이더냐!'

곧 벌어질 경합을 바라보는 음서서의 마음으로 커다란 궁금증이 치밀었다.

그 순간 비무 주관자의 입에서 시작을 알리는 커다란 음성이 터져 나왔다.

"노적위라 하오."

"유형우라 하오."

노적위가 검을 길게 늘어뜨린 채 입을 열자, 상대 또한 짧게 답했다.

"선공을 양보하지요."

노적위가 담담한 표정으로 유형우에게 말했다.

유형우로서는 심히 불쾌할 수도 있는 말이었다.

역시나 철혈검대원인 유형우의 입에서 곱지 않은 음성이 쏟아졌다.
 "대단하다는 말은 들었소. 하나 그대의 하늘이 조금 낮다는 생각은 들지 않소?"
 철혈검대는 철혈무가가 자랑하는 정예 조직 중 하나였다.
 어린 나이 때부터 그 자질이 돋보이는 아이들을 발굴하여 철혈무가가 직접 키운 무사들이 바로 그들이었기 때문이다.
 그 하나하나의 무위가 일류를 넘어섰고, 소수로 운용되는 조직이라 그런지 그 자부심 또한 여타 조직보다 월등했다.
 그런 유형우에게 선공을 양보하겠다니.
 당연히 유형우의 입에서 고운 말이 나올 리 만무했다.
 "무척 높구려."
 유형우의 말에 노적위가 하늘을 바라보며 너스레를 떨었다.
 그 모습에 유형우의 눈매가 싸늘히 빛났다.
 결투를 앞두고 저런 여유라니.
 물론 상대가 범주를 뛰어넘은 고수라는 것은 그 느낌으로도 파악할 수 있었다.
 하지만 철혈검대 소속의 자신을 앞에 두고도 저러다니.
 정말 상대의 실력이 그토록 뛰어난 것인지, 아니면 자만심에 젖은 우물 안의 개구리인지 도무지 종잡을 수 없는 행동이었다.
 "어디 한번 봅시다, 얼마나 대단한 실력을 가졌는지."
 검병을 재차 꽈득 쥐며 유형우가 차갑게 식은 음성을 내뱉었다.

그런 그에게 노적위가 말했다.
"누군가께서 제게 이런 말씀을 하시더군요, 되도록이면 처절한 패배를 안기라고."
"후훗!"
유형우는 웃음밖에 안 나왔다.
하지만 그의 심장은 이미 얼음처럼 식어 있었다.
처음엔 가벼운 비무를 하는 마음으로 연무장에 올랐지만, 지금 유형우는 결코 그럴 수가 없을 것만 같았다.
'스스로 무덤을 파는 작자로구나!'
스으윽—
유형우는 노적위와 더 말을 섞었다간 치미는 노기에 심장이 터질 것만 같았다.
그래서일까.
이글거리는 분노를 애써 감추며 유형우가 발검을 하며 일 보를 내디뎠다.
입이 아닌 검으로 직접 말을 해보자는 의미였다.
'피를 나눠야 할 형제들이 몇몇 권력에 눈먼 작자들의 농간에 이토록 적대감이 쌓일 줄이야. 전대 영주와 전대 은영들의 피로 일궈낸 철혈무가이거늘……'
노적위의 가슴속으로 안타까움이 밀물처럼 몰려들었다.
하지만 그의 눈빛만큼은 섬뜩하리만치 이글거리고 있었다.
그렇게 몇 호흡이 흐르던 어느 순간 섬뜩한 검성(劍聲)이 허공을 쩍 갈랐다.
차앙—

선공을 취한 것은 유형우였다.

자존심은 상했지만 한시라도 빨리 노적위의 콧대를 뭉개 버리고 싶었기 때문이다.

삼 장여의 공간이 순식간에 좁혀졌다.

슈아아악―

유형우가 더없이 날카로운 기세로 자신의 검을 사선으로 길게 내려쳤다.

일검에 승부를 내려는 행동이 아니었다.

그저 상대를 뒤로 물리려는 허초일 뿐이었다.

그렇기에 유형우의 진정한 공격은 노적위가 신형을 뒤로 물린 그다음에 이루어질 터였다.

맹독을 감춘 독사처럼 유형우의 검끝에서 의미심장한 아지랑이가 피어올랐다.

그런데,

까가강―

검과 검이 부딪치는 고성이 고막을 울림과 동시에 불꽃이 사방에 튀었다.

'헛!'

당연히 뒤로 물러설 줄 알았던 노적위가 오히려 앞으로 성큼 달려들며 자신의 검을 비껴 막자, 유형우가 내심 크게 당황해 두 눈을 부릅떴다.

퍼억―

그 순간 유형우의 널찍한 가슴으로 상상하지 못할 충격이 파고들었다.

검을 좌로 비껴낸 노적위가 그대로 유형우의 품을 파고들며 자신의 오른 어깨를 그의 가슴팍에 찔러 넣었기 때문이다.

둔탁한 소음이 허공을 울림과 동시에 유형우가 비틀거리며 뒤로 주춤 물러났다.

중심을 잡으려 안간힘을 썼지만, 그 충격이 엄청났던 터라 유형우는 쉽사리 신형을 바로 할 수 없었다.

파앗—

그 틈을 놓치지 않고 노적위가 유형우를 향해 일직선으로 달려들며 검을 뒤로 비스듬히 세웠다.

그에 위협을 느낀 유형우가 비틀거리는 와중에도 신속히 검을 들어 노적위의 공격을 막아갔다.

그런데,

빠악!

"크윽—"

손등에서 전해진 끔찍한 고통에 유형우의 표정이 팍 일그러졌다.

노적위가 검병 끝으로 검을 든 유형우의 손등을 인정사정없이 내려찍었던 까닭이다.

"허억……."

찰나지간 얻은 커다란 고통에 유형우의 입에서 갑갑한 숨이 토해졌다.

도대체 어떤 수법에 당한 것인지 숨조차 마음대로 쉴 수 없는 고통이 유형우의 뒷골을 사정없이 때렸다.

더불어 검을 쥔 오른손마저 부들부들 떨렸다.

점점 더해지는 참을 수 없는 고통에 검을 쥔 손아귀의 힘마저 서서히 풀리고 있었다.
이러다 검을 놓칠 수도 있다는 두려움에 유형우의 심장이 거칠게 들썩였다.
결코 그럴 순 없다.
실력이 부족하여 패배는 할 수 있을지언정, 아니, 죽음을 맞을 수는 있을지언정 무사의 자존심이라 할 수 있는 검을 놓칠 순 없었다.
자신은 그 누구도 아닌 철혈검대의 무사가 아니었던가.
하지만 아무리 독한 마음으로 손아귀에 힘을 줘보지만, 그러면 그럴수록 손아귀의 힘은 점점 빠지고 있었다.
그때였다.
파팟!
노적위가 또다시 빛처럼 흔들렸다.
'마, 막아야 한다.'
유형우가 가슴으로 외쳤다.
하지만 아무리 검을 들려 해도 손가락이 움직이질 않았다.
이렇게 끝나는 것인가.
억울했다.
아니, 창피했다.
저 거만한 상대에게 하늘이 높다는 것을 꼭 증명하고 싶었는데,
결국 이 꼴이라니.
쐐애액—

순간 실낱같은 섬광이 대기를 예리하게 갈랐다.
분명 노적위가 일으킨 빛이리라.
따다당—
"저, 저런……."
"마, 말도 안 돼!"
경합을 지켜보던 군중들이 경악했다.
믿을 수 없게도 노적위의 검에 유형우의 보검이 썩은 두부가 잘리듯 매끈하게 잘렸기 때문이다.
"하아……."
유형우가 커다란 탄식을 터뜨렸다.
"……."
매끈하게 잘린 반검을 바라보는 유형우.
그의 전신이 세찬 경련을 일으켰다.
온몸으로 창피함과 수치심이 치밀었기 때문이다.
"그, 그가 누구요?"
어렵사리 고개를 든 유형우가 물었다.
"곧 알게 될 거요."
노적위가 미련없이 등을 돌렸다.
놀란 비무 주관자가 그 결과를 알리기도 전이었다.

가오성과 윤, 그리고 노적위.
철혈염가를 충격의 도가니로 몰아넣은 장본인들이었다.
차세대 철혈무가를 이끌 일류 급 중전무사들이 그들의 손에 추풍낙엽처럼 쓰러졌다.

제대로 된 공격 한번 해보지도 못한 채.
갑자기 사라졌던 그들이 보란 듯 다시 나타나 일으킨 파란이었다.
경악했던 사람들은 시간이 지나자 서서히 고개를 갸웃거렸다.
이유는 파란의 주인공인 그들이 약속이나 한 듯 동시에 철혈무가로 돌아왔기 때문이다.
생각해 보니 너무도 이상했다.
처음엔 그 누구도 그들을 눈여겨본 사람은 없었다.
바보와 하급무사, 그리고 뜨내기 객을 눈여겨볼 사람은 없었을 테니.
그런데 그토록 하찮게 여겼던 그들이 한순간 철혈무가를 발칵 뒤집어 버린 것이다.

저 먼 중앙을 향해 깊은 예를 취하는 건유운.
그곳에 중전의 중추 인물들이 자리했다.
"……."
예를 마친 건유운이 방긋 웃는 무유화를 바라봤다.
어둠 속에 피어난 빛처럼 매우 유쾌한 모습이었다.
"건유운이라 합니다."
시선을 거둔 건유운이 상대에게 포권을 취하며 인사했다.
봄날 부는 훈풍처럼 부드럽고 따듯한 음성이었다.
하지만 상대의 마음은 만물이 꽁꽁 얼어버린 한겨울이었다.
짜득—

사내가 검병을 불끈 쥐며 어금니를 깨물었다.
 그토록 자신하던 경합이었건만 최종 경합 결과, 두 명의 중전 무사만이 월하정의 호위무사로 발탁되었다.
 만약 자신마저 저 사내에게 무릎을 꿇는다면, 그다음은 도저히 상상할 자신이 없었다.
 "육쾌라 하오."
 육쾌가 고개를 가볍게 까딱거렸다.
 처음부터 뭔가 크게 꼬여 버린 느낌 때문인지 육쾌의 표정이 잔뜩 굳어 있었다.
 '삼초……'
 건유운의 삼초를 받아낸 이가 지금껏 없다고 했다.
 육쾌는 자신의 동료조차 저자의 삼초를 이겨내지 못함을 두 눈으로 똑똑히 지켜봤다.
 그렇다면 자신은…….
 생각하기도 싫었다.
 어디서 저런 강자들이 튀어나온 것일까.
 생각할수록 의문투성이었다.
 금자 때문일까.
 비록 느낌이지만, 금자만으로는 육쾌의 의문을 감히 풀 수 없었다.
 '해보는 거다!'
 상념을 깨끗이 날려 버린 육쾌가 건유운을 중앙에 두고 좌로 비껴 돌았다.
 아무런 무기도 소지하지 않은 건유운.

박투의 고수란 의미다.

"……."

건유운의 두 눈이 좌로 비껴 도는 육쾌의 신형을 쫓았다.

먹잇감을 노리듯 신중한 모습이었다.

"……."

장외로 몰려든 군중들의 시선 또한 신중했다.

마른침을 삼키는 소리가 천둥벼락처럼 느껴질 정도로 주위는 고요했다.

그러던 어느 순간,

건유운이 고요를 깨며 연무장을 박찼다.

두 팔을 어지러이 교차하는 그의 몸짓이 아름답다 생각된 건 비단 육쾌뿐만이 아니었다.

마치 상대를 홀리듯 그 움직임이 무척 어지러웠다.

뿌득—

육쾌가 어금니를 빠드득 갈았다.

어지럽게 흔들린 자신의 머릿속을 진정시키기 위함이었다.

파라락—

바람 한 점 없건만, 건유운의 소매에서 경풍(勁風)이 일었다.

파팍—

그 거리가 이 장여로 좁혀졌을 때, 육쾌가 번개처럼 움직였다.

검의 고수와 박투 고수의 싸움.

거리가 관건이었다.

그 거리만 좁혀지지 않는다면 분명 검의 고수에게 승산이 있었다.
 매우 간단한 이치였다.
 육쾌 또한 이를 간과하지 않음은 당연했다.
 파앗!
 순간 전방으로 내달리던 육쾌의 신형이 직각으로 틀어졌다.
 자연의 이치를 거스른 거짓말 같은 움직임이었다.
 그 모습에 군중들의 탄성이 터져 나왔다.
 "……!"
 건유운의 시야에서 감쪽같이 사라진 육쾌.
 그 순간 건유운의 우측 견골 위로 섬뜩한 기운이 느껴졌다.
 그 모습에 모든 이가 고개를 절레절레 저었다. 상대를 시야에서 놓쳐 버린 건유운을 안타까워함이었다.
 그런데,
 스팟—
 "헛!"
 육쾌가 기겁한 표정으로 헛바람을 들이켰다.
 분명 있어야 하건만, 상대가 보이질 않았다, 당연히 육쾌의 회심의 일격은 수포로 돌아갔고.
 그 순간,
 파앙!
 "커억!"
 등에서 전해진 둔탁한 충격에 육쾌가 시뻘건 피분수를 뿌리며 허공에 붕 떠올랐다.
 철퍽—

그대로 연무장 바닥으로 꼬꾸라진 육쾌.

그의 입에선 연신 핏물이 쏟아졌고, 혼절한 듯 전신에 심한 경련이 일었다.

저벅—

건유운이 쓰러진 육쾌 곁으로 다가섰다.

"……."

건유운이 육쾌를 바로 누이곤 고개를 모로 돌린 후 그의 명치 부위를 부드럽게 어루만지다 가슴을 지그시 눌렀다.

그러자,

"쿨럭!"

육쾌의 입에서 적지 않은 양의 검은 핏물이 왈칵 쏟아졌다.

"고생하셨소. 막힌 기혈을 뚫었으니 며칠 안정을 취하시면 괜찮아질 것이오."

건유운이 예의 부드러운 음성으로 말했다.

第七章 복마전의 중심에 서다

수호무사

소은의 웃음이 멈추질 않았다.
어디를 가더라도 월하정의 호위무사가 된 윤과 가오성, 그리고 노적위 이야기였다.
그들과 월하정에 같이 머문다는 이유 하나만으로도 소은은 만인에게 관심을 받는 귀한 몸이 되었다.
어디를 가더라도 걸음을 옮기기가 쉽지 않았다.
사람들은 자꾸만 소은을 멈춰 세워 두문불출하는 세 사람의 근황을 물어댔다.
바쁠 땐 조금 짜증이 났지만, 그 관심이 싫지 않았다.
아니, 사실은 좋았다.
시녀인 자신이 언제 이런 관심을 받아볼까.
요즘 들어 콧노래가 절로 나오는 소은이었다.

"식사들 하세요!"

소은이 별채를 향해 기분 좋게 외쳤다.

이제는 별채라기보단 호위무사들의 집무실이자 거처가 되어버린 곳이었다.

"밥 좋지!"

역시나 가오성이 제일 먼저 문을 박차고 나왔다.

그것을 시작으로 시간 차를 두고 다섯의 무사가 그 모습을 드러냈다.

그들 중 윤의 모습은 보이지 않았다.

"양고기볶음 좋아하세요? 양고기볶음 해놨는데……."

소은이 뒤늦게 나온 노적위에게로 쪼르르 달려가 속삭였다.

힐끔힐끔 그의 얼굴을 올려다보는 눈치가 '나 당신 좋아해'였다.

'제길!'

절대 눈길을 주지 않으려 했지만, 가오성의 고개는 어느새 소은에게로 가 있었다.

"오늘 요리 뭐야!"

가오성이 허공에 대고 신경질적으로 외쳤다.

'하여간 눈치하고는…….'

소은이 아미를 잔뜩 찌푸렸다.

"몰라요! 가보면 알 거 아니에요!"

탁자 위에 깔끔하게 차려진 요리들.

그 정성이 느껴지는 차림이었다.

"……."

게걸스럽게 요리를 먹는 이는 가오성뿐이었다.

"안 먹어?"

한참 음식을 쑤셔 넣던 가오성이 조금은 무안했는지 노적위에게 물었다.

"먹잖아."

"그게 먹는 거냐, 밥알 세는 거지?"

"그러는 너는? 먹는 거야, 삼키는 거야?"

"내가 닭이냐, 삼키게?"

가오성이 가재미눈을 하고 노적위를 노려봤다.

갑자기 소은의 얼굴이 떠올랐던 까닭이다.

"에이 씨! 밥맛 더럽게 없네!"

가오성이 젓가락을 탁자 위에 탁 내려놓으며 입가를 거칠게 문질렀다.

"더 드시지 그러오?"

건너편에 앉아 있던 건유운이 미소를 지으며 말했다.

"아! 많이 먹었습니다, 건 형."

가오성이 고분고분한 음성으로 말했다.

가오성은 유독 건유운에게만큼은 한없이 공손했다.

유운객잔을 버리고 왜 이곳까지 왔는지 여전히 의문이었지만, 어쨌든 구명지은을 베푼 은인이었기 때문이다.

노적위처럼 분명 윤과 모종의 관계로 얽힌 인물 같은데, 아무도 자신의 궁금증을 해결해 주려 하지 않았다.

윤에게 건유운에 대해 몇 번이고 물어봤지만, 돌아온 대답은 항상 '그런 게 있어'였다.

'다 무너져 가는 월하정에 대체 무슨 일이 벌어지려고 이러는 거야. 이놈도 그렇고 저놈도 그렇고, 건 형도 그렇고 윤이 놈도 그렇고. 어째 죄다 괴물들만 모인 거야? 그나저나 저 개밥의 도토리들은 이제 어떡하니. 하루가 다르게 비쩍비쩍 말라가네. 아주 불쌍해서 좋아 죽겠네. 흐흐흐…….'

조용히 음식을 씹는 중전무사 둘을 번갈아 바라보며 가오성이 히죽 웃음을 지었다.

비웃음이었다.

"그렇게 우습나?"

그것을 눈치챈 중전무사 하나가 가오성을 노려봤다.

철혈검대 육조장의 직책을 가지고 있는 필보경이었다.

그 나이 마흔을 갓 넘은 모습이었다.

지금은 동등한 입장이지만, 얼마 전까지만 해도 가오성이 쳐다보지도 못한 인물이었다.

아니, 정확히 말해 둘 사이는 하늘과 땅이라 할 수 있었다.

"웃긴 누가 웃었다고……. 나 안 웃었소."

"아비의 금력을 믿고 설쳐 대는 지후산의 손목을 잘랐다고 우쭐대는 것인가. 철혈검대를 감히 성공에 미친 중전호위대와 비교하는가. 더 이상 철혈검대를 모욕하지 마라. 어떤 기연으로 너의 일신의 무위가 올라섰는지는 모르나 더 이상의 모욕은 참을 수가 없구나."

자존심에 금이 간 한기 서린 음성이었다.

철혈검대가 왜 철혈무가의 한 기둥을 차지했는지 여실히 드러나는 순간이었다.
"쩝!"
가오성이 뜨끔하여 입맛을 다셨다.
"……"
일순 무겁게 내려앉은 분위기.
'영주께서 흘리신 피가 헛되지 않았음이군.'
건유운이 내심 중얼거렸다.

식사를 마친 건유운이 월하정 뒤편에 급조로 마련된 연무장을 찾았다.
그곳에 역시 윤이 있었다.
"왜 그리 식사를 거르십니까? 몸이라도 상하실까 속하 걱정입니다."
주위에 이목이 없음을 확인한 건유운이 부담없이 자신을 속하라 칭했다.
"설마했는데 당신도 은영이라니……"
윤이 독백하듯 중얼거렸다.
봉인이 풀리는 순간 까맣게 잊고 있던 기억이 거짓말처럼 되살아났다.
은영의 존재와 봉인 속에 감춰진 비밀, 그리고 어린 자신에게 이해하지 못할 말을 전해주던 무진강.
무진강은 몇 번이고 그 이해를 확인했고, 윤은 두려웠지만 고개를 끄덕였다.
그리고 마지막 그의 한마디, 격정에 휩싸이던 그 순간.

그 모든 기억이 어제의 일처럼 생생했다.

"궁금한 것이 하나 있습니다."

윤이 미간을 간질이며 입을 열었다.

"말씀하십시오, 영주."

"은영이란 걸 어찌 증명할 수 있습니까?"

윤이 건유운의 두 눈을 바라봤다.

순간 건유운이 자신의 옷깃을 풀어헤쳤다.

스윽—

건유운이 옷깃을 내리자, 그의 오른 가슴팍에 인두로 지진 듯 흉물스런 흉터가 드러났다.

자세히 보니 하늘 천이라는 글귀의 문양이었다.

"전대 영주께서 내리신 표식입니다."

"누구나 흉내 낼 수 있는 흔한 글귀인데, 그걸로 어떻게 은영이란 걸 증명할 수 있단 말입니까?"

윤이 물었다.

그런데 그 순간,

푸스스—

기이한 떨림이 생기는가 싶었다.

그런데 그토록 선명했던 표식이 거짓말처럼 감쪽같이 사라졌다.

놀라운 일이었다.

"이것이 바로 은영의 표식입니다."

건유운이 담담한 표정으로 말했다.

"그 표식이라는 것이 제게도 있는 것입니까?"

놀라움을 감추며 윤이 물었다.
"그렇습니다, 영주."
"아무리 봐도 제겐 없는 표식인데."
"본 문의 내력이 여전히 영주의 몸을 겉돌기 때문입니다."
"내력?"
윤이 미간을 살짝 찌푸렸다.
내력이라니?
윤은 건유운의 말을 이해할 수 없었다.
"더 이상 말씀드릴 수 없음을 용서하십시오, 영주."

             *   *   *

고민에 빠진 염화탁.
그의 검지가 연신 탁자를 두드렸다.
'어찌 일이 이렇게 꼬였단 말인가.'
빈집에 황소를 들인 격이었다, 그것도 엄청난 덩치의 황소를.
 중전 소속 무사들이야 그렇다 쳐도 윤과 가오성을 비롯한 다섯이 문제였다.
 그 위치를 논하기도 힘든 황소들이었다.
 모든 것이 완벽했거늘.
 혼인이라는 마지막 점안(點眼)만을 남겨두었거늘.
"으음……."
한숨이 좀처럼 멈추질 않았다.
단지 호위무사 몇 명을 뽑은 것뿐인데, 입안에 가시가 박힌 것처럼 신경이 거슬렸다.

"무엇을 그리 고민하십니까?"

음서서가 집무실로 들어서며 입을 열었다.

"오시었소."

"월하정 때문입니까?"

염화탁과 달리 음서서의 표정은 밝았다.

"이것저것 생각이 많아 그렇소."

"너무 무리하진 마십시오."

"무리는 무슨……."

염화탁이 대수롭지 않다는 듯 말했다.

"고민을 길게 한다 하여 뾰족한 답이 나오는 것도 아니질 않습니까."

옳은 말이지만 상념을 끊는다는 게 어디 쉬운 일인가.

잠시 침묵이 흘렀다.

"어쨌든 먼저 도발한 건 월하정이 아닙니까. 중전을 향해 도발을 일으켰다는 것은 이미 다음의 일을 각오하고 있다는 의미가 아니겠습니까."

음서서가 침묵을 깨며 표독스럽게 말했다.

무유화의 당돌한 모습을 생각하자 갑자기 화가 치솟았던 까닭이다.

"허락한 건 나였소. 아니, 예전부터 월하정에 호위무사를 둘 것을 종용한 것도 바로 나요. 그러니 문제가 아니겠소. 도발이라니, 지금 쓸 말은 아닌 것 같구려."

염화탁이 도발이라는 말에 거부감을 드러냈다.

"호위무사를 두고 하는 말이 아닙니다."

"그럼……."

"얼마 전 월하정에 들렀습니다. 변했더군요, 아주 많이 변했더군요. 예전이라면 감히 입도 뻥긋 못할 아가씨인데, 한마디도 지지 않고 따져 묻더군요. 무엇인가 믿고 있으니 그런 것이 아니겠습니까. 그 변화가 윤이 돌아온 시점과 딱 맞아떨어지더군요. 어쩌면 이 모든 일이 이미 계획되었던 일일 수도 있단 생각이 듭니다."

"계획이라니? 설마 유화가 딴 뜻을 품고 그랬단 말이오?"

"그럴 수도 있고 아닐 수도 있겠지요. 아무래도 그 시기가 자꾸 마음에 걸립니다."

"윤이 돌아온 시기를 말함이오?"

"그렇습니다. 더구나 바보로만 여겼던 놈이 호랑이가 되어 돌아오질 않았습니까. 가오성은 또 어떻습니까. 어디 그들뿐입니까? 노적위란 자는 또 어찌 이해를 해야 한단 말입니까."

"으음."

절로 신음성이 토해졌다.

"모르는 제가 봐도 그들 일신의 무위가 중전의 대장 급과 그 어깨를 견줄 정도인 것 같더군요."

무공은 모른다 하나, 그 눈매만큼은 날카롭기 그지없었다.

"오히려 뛰어날 수도 있음이오."

"그 정도란 말입니까?"

음서서가 다소 놀란 듯 물었다.

"다른 이는 몰라도……."

염화탁이 윤을 거론하려다 입을 닫아버렸다.

확신이 서지 않았던 까닭이다.

윤이 단필엽을 제압한 검식이 자꾸 눈에 아른거렸다.

'그럴 리가 없다.'

염화탁이 마음과 달리 고개를 저었다.

윤이 무진강의 무상류를 어찌 익힐 수 있단 말인가.

용노야의 구천류검이라면 이해가 갔다.

그와 함께한 시간이 오래였으니, 더구나 윤은 용노야에게 검술을 사사하지 않았던가.

하지만 무상류라면 그 의미가 달랐다.

만약 윤이 펼친 검식이 무상류였다면 철혈염가의 이름이 또다시 철혈무가로 바뀔 수도 있었다.

"뭘 그리 생각하시는 것입니까?"

"아, 아니오."

"어쨌든 이대로 좌시할 수는 없는 일이 아닙니까."

"방법이 없질 않소."

"방법이 없다면 찾으면 될 것이 아니겠습니까."

"어떻게……"

아무리 찾아도 그 명분이 없었다.

더욱 큰 문제는 세간의 이목이 월하정을 주시하고 있다는 점이었다.

'설마 세간의 이목을 집중시키기 위해서……'

순간 염화탁이 두 눈을 부릅떴다.

만약 그런 의도였다면 제대로 한 방 먹은 것이다.

아무리 염화탁이 가주라 하나, 세간의 이목이 집중된 무유화의 월하정을 마음대로 휘두를 수는 없을 테니 말이다.

"방법이 있는 것이오?"

염화탁이 태도를 바꾸며 물었다.

"북호정이 사라진 것처럼 월하정의 존재 또한 지워 버리면 그만 아니겠습니까."

"세간의 이목이 월하정으로 모였거늘……."

"중전이 나설 명분이 없다면 명분을 가진 이들이 나서면 될 것이 아니겠습니까."

음서서의 표정에 자신감이 넘쳤다.

"날개를 펴야 날 수 있음입니다. 날개를 펴기 전에 그 날개를 꺾어버리면 결국엔 예전처럼 두 발로 걷게 되는 것이지요."

"피를 보자는 말이오?"

날개의 의미가 월하정의 호위무사임을 알고 염화탁이 물었다.

그들을 꺾기 위해선 적지 않은 피를 흘려야만 했다.

피를 보고 싶진 않았다.

세간의 이목이 두려웠던 까닭이다.

"모인 눈이 저리 많은데 어찌 피를 볼 수 있단 말입니까. 피 한 방울 흘리지 않고 훈련대장 이주하를 중전에서 지워 버린 적이 있지요."

* * *

무유화의 고운 얼굴에 밝은 미소가 걸렸다.
덩달아 윤의 얼굴에도 미소가 감돌았다.
"후아~ 좋다!"
무유화가 두 눈을 감곤 하늘을 향해 두 팔을 크게 벌렸다.
얼마 만에 쐬는 바깥바람인가.
이토록 향기로웠던가.
절로 가슴이 뚫리는 것만 같았다.
"이렇게 좋은걸."
"그렇게 좋아?"
"응."
무유화가 귀여운 아기가 되어 고개를 끄덕였다.
"약속대로 한 달에 한 번뿐이야."
윤이 못을 박듯 말했다.
"보오르음!"
"들어갈까?"
"쳇!"
윤이 검지로 철혈무가 쪽을 가리키자, 무유화가 삐친 듯 고개를 팩 돌렸다.
하지만 그것도 잠시.
"그럼 저자까지만?"
무유화가 간절한 눈망울로 윤에게 애원했다.
저잣거리를 구경한 적이 언제였는지 기억조차 가물거렸다.
너무 보고 싶었다.
그래서 떼를 쓰듯 꺼낸 말이었다.

"정말 보고 싶은데……."
무유화의 표정이 절절했다.
"오늘만이야."
"정말?"
"그래."
"와하하!"
무유화가 고운 손을 계속 마주치며 좋아했다.
저렇게 좋을까.
윤에게 그 모습은 귀엽기도 했지만, 왠지 안쓰러워 보였다.

북적이는 거리.
몇 걸음을 옮기는 데도 서너 번 몸을 피해야 했다.
"와! 사람 정말 많다."
무유화가 신기한 듯 주위를 두리번거렸다.
"사람들은 너를 신기하게 보는데?"
윤의 말처럼 무유화의 움직임을 따라 저자의 시선이 옮겨졌다.
"저자까지 나올 줄 알았으면 옷이라도 갈아입고 나올걸."
무유화가 자신의 비단 차림을 내려다보며 아미를 살짝 찡그렸다.
하지만 저자의 분위기와 이질적인 차림도 차림이었지만, 정작 그녀에게 시선이 몰리는 이유는 따로 있었다.
막 망울을 터뜨리고 피어난 꽃처럼 청아한 그녀의 미모 때문이었다.

얇은 면사로 얼굴을 가렸다지만, 오히려 그 모습이 더욱 화사해 보였다.
"우리 이제 뭐 할까?"
무유화가 윤의 팔에 매달리며 물었다.
그 모습이 꼭 철부지 소녀 같았다.
그런데 윤의 심장은 왜 뛰는 것일까.
무유화의 갑작스런 행동에 술이라도 마신 것처럼 머리가 땡했다.
그 향기에 취한 것일까, 아니면 그 체온에 취한 것일까.
"뭐, 뭐 하지?"
애써 담담한 척 윤이 오히려 물었다.
"소은이 저자에 오면 재밌는 거 무지하게 많다던데, 뭐 아는 거 없어?"
윤이라고 알 턱이 없었다.
오히려 무유화보다 더 숙맥(菽麥)이라 할 수 있었다.
"휴우~ 알 턱이 없지. 가만, 그래! 우리 저기 가자. 왠지 운치 있는 게 좋아 보인다."
무유화가 윤의 팔을 잡아당기며 말했다.
그 힘이 여느 장정의 힘과 맞먹을 정도였다.

윤은 석양이 깔린 이층 주변을 빠르게 쓸어보았다.
혹시 모를 상황을 대비하기 위해서였다.
사실 철혈무가를 나서는 순간부터 지금까지 미행이 따라붙었다.

별탈은 없겠지만 그래도 꽤나 성가신 일이었다.

"밖에선 작아 보였는데, 우아! 넓다!"

무유화가 점소이의 안내를 받아 올라온 이층을 둘러보며 감탄했다.

그리 넓은 것 같진 않은데.

윤이 고개를 갸웃거렸다.

"트, 특별히 찾으시는 것이 있으면 말씀해 주십시오, 손님."

사십은 되어 보이는 중년의 사내가 무유화 쪽을 힐끔거리며 말했다.

눈길을 주지 않으려 그토록 애를 썼건만,

그의 두 눈이 어느새 그 의지와 상관없이 따로 놀고 있었다.

어디 그뿐일까.

대부분의 눈들이 의지와 상관없이 따로 놀고 있었다.

대놓고 쳐다보지는 않았지만, 한순간에 이층의 시선을 사로잡은 무유화였다.

"배고파?"

"아니."

무유화가 묻자 윤이 고개를 저었다.

"우리… 술 마실까?"

"뭐?"

무유화가 호기심 어린 눈빛을 빛내며 묻자, 윤이 인상을 찡그렸다.

"마셔본 적 없지? 나도 마셔본 적 없는데. 한번 마셔볼까? 아니, 우리 한번 마셔보자. 응?"

"아이고! 안 그래도 방금 전 막 내린 귀한 술이 있는데 어찌 아셨을까. 어떠십니까? 값은 제법 되지만, 가문의 비전으로 빚은 술이라 이 근방에서는 절대로 맛볼 수가 없는 술입지요."
"그래요? 그럼 그거로 주세요. 다과랑요."
"다, 다과요?"
중년인이 순간 얼빠진 표정으로 반문했다.
"없어요?"
"그, 그건……."
없는 건 아니었다.
단지 팔지 않을 뿐이지.
"그럼 소채볶음 한 접시랑, 으음……. 그렇게 주세요."
"조금만 기다리십시오. 냉큼 대령하겠습니다, 손님."

그토록 북적이던 저잣거리를 벗어나자 부쩍 한산해진 느낌이었다.
어스름이 드리운 한산한 소로를 윤이 터벅터벅 걷고 있었다.
그의 등 뒤엔 청아한 아름다움이 업혀 있었다.
"한 잔은 마실 줄 알았는데. 후후……."
윤이 슬쩍 고개를 돌리곤 미소를 지었다.
반잔은 비웠을까.
갑자기 인상을 쓰더니 소채를 마구 집어 먹던 무유화.
그렇게 반 각을 횡설수설하던 그녀가 그대로 탁자에 엎어졌다.
얼마나 황당하던지.

"……."
쌕쌕거리는 숨결이 윤의 등을 간질였다.
등으로 전해지는 체온에 절로 가슴이 따듯해졌다.
이 순간이 영원했으면.
문득 윤이 생각했다.

마음만 먹으면 바람처럼 내달릴 수 있었다.
하지만 행여 무유화가 깰까 조심스러운 윤이었다.
"……."
얼마나 걸었을까.
노골적인 기척이 주위에서 느껴졌다.
"……."
걸음을 멈춘 윤이 주위를 둘러봤다.
그러기를 잠깐.
인적이 더 이상 없음을 확인한 낯선 세 명의 사내가 음흉한 웃음을 지으며 윤의 앞을 가로막았다.
그중 한 명은 윤이 익히 본 사람이었다.
"요즘 살기가 워낙 팍팍해서 말이야, 주루 하나 해가지고서는 먹고살기가 너무 힘들어. 그래서 내가 요즘 부업을 하나 뛰는데 말이야, 그 장사가 제법 쏠쏠하단 말이지. 그 장사가 뭔고 하니, 사람 장사란 것인데 제대로 된 물건 하나를 건지면 그야말로 횡재가 따로 없단 말이지. 끌끌! 그런데 오늘, 내가 횡재를 잡지 않았겠어? 보는 순간 딱 이거다 싶은 게 군침이 절로 돌더란 말이야. 가슴이 얼마나 뛰던지. 내 이렇게 만사 제쳐 두고 달려왔지 뭔가. 끌끌!"

중년의 사내.

아까 전, 무유화에게 주문을 받던 주루의 인물이었다.

"보아하니 귀한 집 여식 같던데, 좀 전에도 말했다시피 살기가 워… 낙 팍팍해서 그런지 요즘은 그 종자를 따질 겨를도 없질 않겠나. 해서 말인데, 젊은 친구가 좀 이해를 해줘야겠어."

말하는 것은 뒷골목 파락호 수준인데, 그 기세는 제법 수련을 쌓은 무인이었다.

느낌으로 보건대 잔챙이는 분명 아니었다.

어느 무가를 가더라도 환영은 받을지언정 홀대를 받지는 않을 것 같았다.

"보, 볼일이 있으면 보, 보는 거다. 헤헤……."

잠자코 있던 윤이 순간 바보가 되자 사내들의 표정이 잔뜩 일그러졌다.

분명 주루에서는 멀쩡해 보였는데.

하지만 이내 사내들의 표정은 밝아졌다.

아무래도 멀쩡한 상대보다는 멍청한 상대가 더 좋았으니 말이다.

"그렇지! 제법 말이 통하는 친구로군. 자고로 생명은 귀한 것이니 말이야. 껄껄!"

중년 사내가 기분 좋게 웃었다.

물론 말과 표정은 그렇지만 윤을 살려둘 생각은 절대 없었다.

"누, 누구한테? 나, 나야? 아니면 유, 유환가?"

"아! 그 여식의 이름이 유화인가? 역시 이름도 그 얼굴만큼이나 예쁘기 그지없군. 그런데 질문이 좀 그러네. 그렇게 눈치가 없어서야. 쯧쯧! 젊은 친구는 필요없고, 내가 필요한 건 뒤에 업힌 그 여식이라니까. 머리가 좋은 줄 알았더니 꼭 그렇지만도 않은 것 같아."

"보, 본가의 인물들은 아, 아닌 것 같은데."

윤이 혓바닥으로 연신 입술을 훔치며 고개를 갸웃거렸다.

"본가? 당연하지. 오늘 처음 봤는데. 근데 본가가 어디야?"

본가라니?

사내가 황당한 표정을 지으며 말했다.

그런데 그 순간,

두두둑—

중년 사내의 목이 기형적으로 꺾여 버렸다.

절명.

그 흔한 비명도 못 지르고 힘없이 쓰러지는 사내.

그 모습에 화들짝 놀란 남은 두 사내가 석 자 길이의 두꺼운 도를 동시에 뽑았다.

아니, 뽑으려 했다.

빠각—

두둑—

동시다발적으로 터진 섬뜩한 소음.

"치워라."

섬뜩한 소음이 채 사라지기도 전에 서늘한 음성이 그 자리를 대신했다.

그 음성에 장내가 순식간에 깨끗해졌다.

"무가의 여식은 우리가 안전하게 귀가시켜 주지."

"나, 나한테 보, 볼일이 있는 거야?"

"바보가 상황 파악이 무척 빠르군. 우리의 존재를 알고 있었던가?"

"어, 어. 아, 아까부터. 헤헤……."

윤이 즐거운 표정으로 더듬더듬 대답했다.

"후후……."

윤의 솔직한 대꾸에 사내가 웃었다.

"……."

눈만 드러낸 흑의 복면을 한 채 당당히 서 있는 사내.

눈빛이 제법 무서웠다.

"그 무위가 제법 고강하다 하던데……."

"유, 윤이는 이제 가, 강하다."

전면에 셋, 좌우 측면에 셋, 그리고 후방에 넷.

도합 열 명이 윤을 에워싼 상태였다.

그런데 윤의 표정은 밝고 여유로웠다.

사내는 상황 파악이 안 되는 바보이기에 그럴 것이라 생각했다.

"그러면 뭐하겠나. 무가의 여식을 등에 업고 싸울 순 없을 텐데. 혹 다칠 수도, 아니, 죽을 수도 있을 텐데. 아니 그렇겠나?"

사내가 윤의 열악한 상황을 정확히 꼬집었다.

"자네가 무가의 상급 서열 정도라면 이런저런 말 없이 내 직접 자네를 제압했겠지만, 솔직히 말하면 왠지 부담이 되는군."

윤은 철혈검대 사조장 단필엽을 단 일 수로 제압한 강자였다.

이는 철혈무가를 지탱하고 있는 대장 급의 실력이란 의미였다.

솔직히 부담이 클 수밖에 없었다.

아무리 윤이 바보라지만, 사내가 긴장의 끈을 놓을 수 없는 이유였다.

그래서 아홉이나 되는 수하들을 대동하고 온 터였다.

"싸우겠나, 아니면 순순히 결박을 받겠나?"

"두, 둘 다 싫은데. 지, 지금 유, 윤이는 지금이 저, 정말 좋다. 헤헤."

윤이 헤벌쭉 웃으며 더듬더듬 대답했다.

그런데 그 순간, 낭랑한 음성이 장내에 모인 인물들의 귓가를 간질였다.

"그렇게 원하는 싸움이라면, 그 싸움은 우리와 해야 할 것 같은데?"

노적위였다.

오늘 하루 종일 윤과 무유화의 근처를 맴돌던 그다.

그뿐만이 아니었다.

약간의 시간적 차이를 두고 가오성과 건유운, 그리고 미모의 여인이 사방을 점하며 그 모습을 드러냈다.

윤과 가오성이 일으킨 파란과는 비견되지 않았지만, 소요 또한 엄청났다.

월하정의 호위무사가 된 것만으로도 여인은 지금껏 사람들의 입방아에 오르내리고 있었다.

여인의 이름은 령령이었고, 노적위의 장신구를 무척 좋아했다.
"후후, 너무 쉽다 했는데 역시 이런 거였군."
필패를 느낀 사내가 중얼거렸다.
무유화를 업고 있는 윤 하나 정도라면 상대할 만했는데, 넷은 분명 무리였다.
저들이 어떻게 경합을 뚫었는지 너무도 상세히 전해 들었기 때문이다.
하지만 사내는 여유로웠다.
"피를 보러 온 것이 아닌데 말이야. 그저 자네를 데려가려고 온 것이었는데."
"왜, 왜? 나, 나를 데려가?"
윤이 어리둥절한 표정으로 물었다.
"우리가 용혈검 용사랑, 아니, 너의 할아버지를 모시고 있네. 얼마 전엔 훈련대장 이주하도 제 발로 찾아왔더군. 이 정도면 자네를 데려갈 충분한 이유가 될 듯한데······."
사내가 확신에 찬 음성을 내뱉었다.
지지이잉—
순간 윤의 전신으로 진한 살기가 피어올랐다.
그 살기를 느꼈는지 용혈검이 기이한 울음을 토해냈다.
하지만 그건 잠시였다.
'할아버지······.'
윤이 마음속으로 용노야를 불렀다.
다행이었다, 살아 계시다니.
주름진 그 얼굴이 너무나 보고 싶었다.

지금 당장에라도 할아버지의 자애로운 손길과 음성을 느끼고 싶었다.

하지만 곧이곧대로 믿을 순 없었다.

"후후……."

거짓말처럼 살기를 모조리 떨쳐 낸 윤이 살짝 미소를 지어 보였다.

두 눈으로 확인을 해야 믿을 수 있었다.

그렇다면 이주하가 그랬던 것처럼 저들을 따라나서야만 했다.

고민은 순간이었다.

"유, 윤이는 하, 할아버지한테 간다."

윤의 대답 또한 이주하와 똑같았다.

무거운 공기가 무유화의 거처를 휘감고 있었다.

무유화를 월하정으로 데려온 건유운과 노적위가 만들어 낸 분위기였다.

목숨을 걸고서라도 윤을 막아야만 했다. 하지만 건유운은 그러지 않았다.

그것이 결국 노적위의 이성을 잃게 했다.

"왜입니까?"

노적위가 욱하는 감정을 애써 누르며 물었다. 건유운에게 감히 보일 행동이 아니었다. 그만큼 노적위의 감정이 들끓고 있다는 의미였다.

"불복인가?"

짤막한 한마디.
하지만 은영들에게 있어 그 안에 담긴 의미는 실로 대단했다. 생사가 결정될 수 있는 엄청난 의미였다.
그것을 모를 리 없는 노적위였다.
"……."
노적위는 입을 열 수가 없었다.
아니라고도, 그렇다고도.
그저 어금니를 꽉 깨물 뿐이었다.
"나 또한 불복할 수 없었을 뿐이다."
부드럽지만 한 걱정이 담긴 음성이었다.
"……."
령령이 노적위의 소매를 살짝 잡아당겼다. 우선 참으라는 의미였다.
"령령."
"예."
호명된 령령이 고개를 가볍게 숙이곤 대답했다.
"이 순간 이후로 아가씨의 곁을 절대 떠나선 안 될 것이다. 목숨으로 아가씨를 지켜라."
건유운이 깊은 꿈에 빠져 있는 무유화를 잠시 바라보곤 명령했다.
"령령, 사은영의 명을 받습니다."
여인답지 않은 절제된 음성이었다.
"적위."
"하명하십시오."

마음은 진정되지 않았지만, 깊은 예를 취하는 노적위였다.
건유운이라고 마음이 편할까.
노적위는 그것을 알면서도 욱했던 자신이 왠지 모자라 보였다.
"준비된 은영들에게 일천의 밀지를 전해라. 장소는 철혈무가와 천문이다."
"적위, 사은영의 명을 받습니다."

第八章 적령과 맞서다

수호무사

'쓸어버려? 아니면… 아니면……?'
"휴우……."
덜컹거리는 마차 속에 긴 한숨이 가득했다.
"……."
손재주가 좋은 노적위가 심혈을 기울여 제조한 검을 만지작거리는 가오성.
윤이 극구 말렸지만 그 고집이 얼마나 센지 결국 함께 온 그였다.
"……."
가오성의 손끝이 미세하게 떨렸다.
두려운 것이 아니었다.
용노야에 대한 걱정과 고민이 그의 가슴을 진탕시켰기 때문이다.

"……."

윤과 가오성의 눈빛이 연신 교차했다. 하지만 오가는 말은 없었다.

그렇게 얼마나 내달렸을까.

피피핏―

대기를 가르는 파공음.

한두 소음이 아니었다. 수십, 어쩌면 수백일지도 몰랐다.

순간 누가 먼저랄 것도 없이 윤과 가오성이 마차를 뚫고 튀어 올랐다.

까까강―

윤과 가오성이 약속이나 한 듯 서로 등을 맞댄 채 달빛을 머금은 수많은 암기를 튕겨냈다.

"하하하! 보통 재간이 아니구나."

볶인 콩이 튀듯 정신없이 움직이는 윤과 가오성을 저 먼발치서 바라보는 한 사내.

스윽―

그가 우수를 들자 거짓말처럼 파공음이 사라졌다.

사내가 뒷짐을 진 채 여유로운 신색으로 마차를 향해 다가섰다.

"살기를 느낀다 하더니 거짓이 아닌 것 같군. 뺏고 싶은데……. 어쨌든 도합 사십. 물론 나는 빼고 말이야."

사내가 나지막이 울고 있는 용혈검을 바라보며 말했다.

"뭔 개수작이냐, 이 새끼들?!"

뜻 모를 말을 지껄이는 사내의 음성에 가오성이 씹어뱉듯 말했다.

그의 신경이 날카롭게 곤두서 있었다.

"여기 모인 내 수하들이 사십 명이란 뜻이지. 그 사십 명이 너흴 제거할 것이고. 나는 뭐 할 거냐고? 물론 재미난 구경을 즐겨야겠지."

사내의 표정은 천진난만했다.

하얗고 주름 하나 없는 매끈한 피부, 고운 턱 선, 가지런히 빗어 묶은 머리.

아무리 높게 봐도 그 나이 스물 중반이었다.

"하, 할아버지는? 하, 할아버지를 마, 만나게 해준다면서?"

윤이 더듬더듬 물었다.

"할아버지? 무슨 할아버지? 아! 용사량을 만나게 해준다는 거? 하하! 정말 너 바보구나. 아니면 바보인 척하는 거야? 그걸 믿었다고? 그렇담 정말 바보였군."

"거, 거짓말인 거, 거야? 보, 보고 싶은데……."

윤이 실망 가득한 표정으로 중얼거렸다.

하지만 그의 내심은 다른 말을 중얼거리고 있었다.

'믿었지, 간절했으니까.'

"하하! 그렇다면 이걸 어쩌나. 사실 애초부터 약속 따윈 없었는데……. 그런데 용사량이 그렇게 대단한 존재인가? 부나방처럼 달려들 정도로 그 늙은이가 그렇게 대단한 거냐고. 오늘내일하는 다 늙어빠진 늙은이가 뭐 그리 중요하다고. 정말 이해하기 어렵군."

'결국 날 제거하기 위해서란 말이지?'

윤이 내심 중얼거렸다.

순간 윤의 전신으로 진한 살기가 피어올랐다.

그 살기를 느낀 용혈검이 은은한 검명을 떨쳐 냈다.

"누가 부탁을 하더라고. 그 부탁을 한 사람이 우리에겐 아주 중요한 사람이거든. 그나저나 제거라고 하니까 좀 살벌하잖아. 뭐 어쨌든 죽는 건 사실이지만. 그래도 혹시 모르지, 넌 살지도. 대공자께서 네 목숨은 나보고 결정하라는데, 사실 지금 무척 고민 중이야. 살려줄까 말까."

그 미소가 가실 줄 몰랐다.

그래서인지 그 모습이 더욱 차갑게 느껴졌다.

그 음성에서 한 올의 온정도 느껴지지 않아 사람이 아닌, 마치 살아 있는 시체를 보는 듯했다.

"음서서 그년이 시킨 일이겠지?"

가오성이 어금니를 바득바득 갈며 말했다.

"이런 지저분한 일을 시키는 사람은 그 여자밖에 없더라고. 아주 몰상식한 여자야. 그 심성도 아주 더럽고. 정말 짜증나는 여자지. 그래도 어쩔 수 없잖아? 우린 그 여자가 꼭 필요한데. 후후……."

사내가 감출 것도 없다는 듯 말했다.

'음서서와 모종의 계약을 맺었다?'

윤이 빠르게 머리를 굴렸다.

그때였다.

"너도 짜증나, 이년아! 근데 저년! 남자야, 여자야?"

가오성이 사내를 노려보곤 말했다.
"여자라니, 남자한테. 근데 너, 가오성이지? 어쩌니. 넌 정말 죽일 건데. 넌 우리에게 정말 필요가 없거든. 아무리 그 쓸모를 찾아도 넌 정말 쓸모가 없더라고."
"저, 저 개년이! 뒈질라고!"
가오성의 기혈이 들끓었다.
"진정해."
윤이 등진 가오성의 손목을 쓸며 소곤소곤 말했다.
"무, 물어볼 게 있는데, 대, 대답해 주, 줄 수 있어?"
윤이 가오성을 진정시키고 사내에게 물었다.
"뭐든지."
"하, 할아버지와 후, 훈련대장은?"
생존을 묻는 질문이었다.
사내가 그 의미를 모를 리 없었다.
"바보가 궁금한 게 참 많구나. 그게 그렇게 궁금했던 거야? 뭐, 알고 싶다면 말해줄게. 살아 있어. 사실 음서서는 둘 다 죽이라고 했는데 말이야. 그녀에겐 그 둘이 필요없을지 몰라도 우리에겐 너무도 중요한 인물들이거든. 알고 보니 그 노인네가 전대 부영주라는 거야. 너넨 부영주가 뭔지 모르지? 뭐, 너희가 그걸 알 필요는 없지만. 어쨌든 다 죽어가는 그 늙은이가 정말 대단한 사람이더라고. 음서서가 우리에게 중요한 인물인 것처럼. 아니, 음서서보다 훨씬 더 대단하고 중요한 인물이지. 그 늙은이가 말이야. 어쨌든 음서서 그녀는 아마 그 둘이 죽은 줄로 알고 있을걸."

적령과 맞서다

'저, 전대 부영주?'

부영주라는 말에 윤의 심장이 크게 들썩였다.

할아버지가 전대 부영주라니.

꿈에도 상상할 수 없었던 일이다.

'그렇다면 서, 설마 모든 것을 알고 계셨단 말인가?!'

순간 윤의 전신이 벼락을 맞은 듯 뻣뻣하게 굳어졌다.

하지만 그것도 잠시.

'대답 고맙군.'

어쨌든 살아 있다는 것이 확인되자 윤이 안도의 숨을 내쉬었다.

살아 있음을 확인한 것만으로도 감사했다.

더구나 중요한 인물이라면 얼마간 둘의 안전은 보장된다는 의미였다.

"이, 이름은 뭐, 뭐야?"

윤이 다시 물었다.

"하하! 궁금한 게 참 많구나. 너, 궁금한 것도 많고 꿈도 야무지고. 왜? 이 싸움에서 이길 거 같아?"

"헤헤······."

"후훗! 좋아, 알려주지. 나, 적령이야. 이제 질문은 그만! 최선을 다해야 할 거야. 애들이 좀 거칠거든. 무공도 세고. 아마 철혈무가의 철혈검대와 싸워도 밀리지 않을걸."

'그러지.'

윤이 내심 대답하며 용혈검을 비틀었다.

"이 새끼들 진짜배기들 같다. 조심해라."

가오성이 걱정 배인 음성으로 말했다.
'대체 뭐가 어떻게 돌아가는 거야?'
가오성은 혼란스러웠다.
하지만 이내 상념을 떨쳐 내었다.
"후우……."
가오성이 길게 호흡을 골랐다.
용노야의 진전을 이은 그였지만, 이토록 많은 고수들을 상대하려니 절로 긴장감이 엄습했다.

부우욱—
윤의 일격을 받은 복면인이 뒤로 쭉 밀렸다. 대지에 깊게 파인 골이 윤의 힘을 입증했다.
"후우……."
복면인의 입에서 단내가 토해졌다.
역시 예상대로 만만히 볼 상대가 아니었다.
'괴물이 따로 없군.'
복면인이 내심 중얼거렸다.
도무지 접근을 할 수가 없었다.
일선에서 합공을 펼치는 여덟의 복면인 모두가 같은 생각이었다. 검에 담긴 일격의 힘이 얼마나 센지 손목이 욱신거릴 지경이었다.
이선에서 대기하고 있던 동료들이 일선으로 나서며 합공을 가했지만 결과는 똑같았다.
이제 다시 일선으로 나서야 할 차례였다.

콰득—

복면인이 재차 검병을 고쳐 잡았다.

적령의 생포하란 명령이 아니었다면 쉽사리 공격의 실마리를 풀 수 있었을 텐데.

아쉬웠다.

하지만 아쉬운 마음을 이내 접으며 복면인이 대지를 박찼다.

합공의 유리한 점은 분명 수적 우위에 있다.

하지만 그렇다고 해서 모든 점에서 유리한 것은 결코 아니다.

장점이 많은 반면, 분명 단점도 존재한다는 의미다.

그 수가 많아지면 의당 움직일 공간은 줄어든다. 공간이 줄어들면 동작은 제약을 받을 수밖에 없다.

그렇기에 고도의 훈련을 받지 않고선 감히 합공의 진을 형성할 수가 없다.

자칫 동료의 몸뚱이에 검을 겨눌 수도 있기 때문이다.

그래서 흔히들 사방진(四方陣)과 팔방진(八方陣)을 합공의 최상이라 말하곤 한다.

일 대 팔.

그 수 사십이라 하나 어차피 여덟을 상대하면 그만이었다.

파팟—

까강— 까강—

윤은 정신없이 신형을 비틀며 팔방의 공격을 막았다.

분명 자신보다 아래인 자들이다.

하지만 합공에 대한 실전 경험이 전무한 윤으로서는 이 싸움이 힘들 수밖에 없었다.

한 방향으로 전력을 쏟을 수가 없었다. 그 순간 허점이 드러날 것이 분명했기 때문이다.

그렇다고 이대로 체력을 갉아먹는 싸움을 계속할 수는 없었다.

아니, 문제는 가오성이었다. 그의 상태는 무척 답답하고 위태해 보였다.

"……."

윤의 얼굴에 고민이 스쳤다.

파앗—

순간 윤이 신형을 푹 낮추며 좌측으로 미끄러지듯 나아갔다.

쐐애액—

섬뜩한 파공음이 허공을 울림과 동시에 빛처럼 빠른 용혈검이 대지 바로 위를 횡으로 갈랐다.

"아아악!"

한 복면인의 입에서 처절한 비명이 터졌다.

두 발목이 잘린 복면인이 대지 위로 힘없이 꼬꾸라졌다.

그 순간 진에 빈틈이 생겼다.

파앗!

윤의 신형이 그대로 일선의 빈틈을 뚫고 이선의 진을 향해 돌진했다.

그 행동이 실로 과감하고 명쾌했다.

"헛!"

공격을 준비 중이던 한 복면인이 헛바람을 들이켰다.

방어에만 급급하던 윤이 예상을 깨고 진을 가볍게 무너뜨린 후 자신을 향해 짓쳐들었기 때문이다.

윤의 신형은 여전히 낮았다.

일선 동료의 발목을 자른 그 모습 그대로였다.

타앗!

순간 복면인이 신형을 띄웠다.

윤의 기이한 공격 형태가 마음에 걸렸기 때문이다.

그런데,

슈악—

"끄르륵—"

공중으로 신형을 띄운 복면인의 목젖에 얇은 혈선이 그어졌다.

복면인의 두 눈으로 경악이 어렸다.

그 거리가 분명 이 장이 넘었거늘.

거짓말처럼 그 공간이 사라진 것이다.

순간 복면인의 목에서 피분수가 쏟아졌다.

"하아! 잘 싸우는데, 정말! 대단해. 그런데 저렇게 대단한 걸 어떻게 산 채로 잡아가지? 그냥 죽일까?"

멀찍이 떨어져 장내를 구경하는 사내의 입에서 탄성이 터졌다.

하지만 그뿐이었다.

수하들이 죽어 나자빠지는데 그 죽음은 안중에도 없다는 눈치였다.

 진을 무너뜨린 윤이 조금 수월하게 싸움을 풀어나가는 반면, 가오성은 죽을 맛이었다.
 거머리처럼 달라붙는 공격을 좀처럼 떼어낼 수가 없었기 때문이다.
 쓸모가 없어서 그런 것일까. 모든 공격이 매서운 살초였다.
 정말 죽이려고 작정한 공격들이었다.
 '이러다 정말 골로 가는 거 아니야. 썅!'
 내심 욕설이 터졌다.
 숨이 턱까지 차올랐지만 내뱉을 시간조차 아까웠다.
 까강―
 깡!
 쉬지 않고 불꽃이 튀었다.
 벌써 몇 합의 공수가 오갔는지 헤아릴 수도 없었다.
 공격은 주로 복면인들의 몫이었고, 방어는 가오성의 몫이었다.
 이대로 가다간 지쳐 죽을 것만 같았다.
 어떻게든 실마리를 풀어야 했다.
 하지만 마땅한 방법이 떠오르지 않았다.
 그때였다.
 촤악―
 가오성을 압박하던 한 복면인의 옆구리가 쩍 벌어졌다.
 "허억!"

복면인의 입에서 갑갑한 신음성이 터졌다.

돌이킬 수 없는 상처였다.

풀썩—

복면인이 꾸역꾸역 흘러나오는 핏물을 막으며 힘없이 무릎을 꿇었다.

"정말 고맙다, 윤아. 나 정말 뒈지는 줄 알았다. 이 개새끼들, 이제 다 뒈졌어! 썅!"

가오성이 안색을 밝히며 활로를 열어준 윤을 반겼다.

합공의 약점은 약속된 순서에 의해 공격이 이루어진다는 데 있었다.

하지만 그 약점을 뻔히 알면서도 당할 수밖에 없는 것 또한 합공의 위력이었다.

모순일 수 있지만, 대부분이 수긍하는 말이었다.

하지만 합공의 대상이 예상을 뛰어넘는 고수라면 상황은 확연히 달랐다.

그리고 지금,

윤이 바로 그 모순을 입증한 것이다.

윤이 활로를 열기가 무섭게 가오성이 미친 듯 장내를 휘저었다.

그의 검끝이 닿는 곳곳마다 어김없이 붉은 핏물이 튀어 올랐다.

무서운 실력이었다.

무명검(無名劍)으로 명명된 용노야의 심득이 담긴 절기가 가오성에 의해 세상에 드러나는 순간이었다.

"저건 뭔데 저리 강하지?"

사내의 눈빛에 이채가 어렸다.

합공진에 묶였을 땐 별 볼일 없다 생각했는데, 진을 뛰쳐나온 가오성을 보니 그야말로 검귀가 따로 없었다.

'정보가 뭐 이따위야. 저 실력이 어떻게 중전의 상급무사 급이야? 아무리 못해도 대장 급은 되어 보이는데. 하여간 정보 하나를 제대로 못 물어오다니. 정말 큰일이군.'

속으로 불평을 늘어놓는 사내.

그가 코끝을 매만지며 고민했다.

싸움에 끼어들까, 아니면 좀 더 지켜볼까.

'아깝기는 한데, 흥미롭단 말이지.'

수하가 줄어드는 건 아까웠지만, 그렇다고 간만에 찾아온 흥을 깨고 싶지는 않았다.

'그래도 없는 것보단 있는 게 나으니까.'

사내가 고민의 끈을 자르며 자리를 털고 일어섰다.

"그럼 한번 놀아볼까."

중얼거리기가 무섭게 사내의 신형이 쏘아졌다.

파앗!

적령이 장내로 들어서자 복면인들이 썰물이 빠지듯 어둠 속으로 숨어들었다.

그 수가 고작 열다섯 남짓이었다.

"열둘 사망, 다섯 사망 직전, 아홉 불구. 애들이 이 정도로 약한 애들이 아니었는데. 뭘 잘못 먹었나. 왜 이렇게들 됐지?

적령과 맞서다 219

쯧쯧!"

적령이 주위를 둘러보며 혀를 찼다.

"대공자께 혼 좀 나겠는걸. 꽤나 심혈을 기울인 수하들인데. 쩝! 뭐 어쩌겠어. 상대가 강해서 이렇게 된걸. 후훗!"

적령이 미소를 지으며 홀로 중얼거렸다.

한두 구도 아닌 꽤 많은 시체가 널브러져 있는데 눈썹 하나 찡그리지 않았다.

그 모습이 감정없는 인형을 보는 듯했다.

더구나 쓰러진 모두는 자신의 수하들이 아닌가.

정말 사람이 맞나 싶을 정도였다.

"잘 봤어. 실력 좋은데? 사실 내가 좀 오랜만에 몸을 푸는 거거든. 손에 피를 묻히는 걸 아주 싫어하는 체질이라. 근데 오늘은 어쩔 수가 없네. 수하들을 모두 죽일 순 없으니까. 다 죽이고 돌아가면 나 정말 많이 혼나거든. 하하!"

'정말 뭐야, 저 새끼?'

가오성이 내심 욕설을 내뱉었다.

뭘 믿고 저리 여유로운 것일까.

그만큼 강하다는 것일까.

아니, 저 미청년은 과연 누구일까.

음서서와 관계가 있다는 건 이미 예상했지만, 도무지 저 청년의 정체를 가늠할 수 없었다.

"야! 근데 너, 뭐 하는 새끼냐? 음서서 종놈이냐?"

가오성이 격한 호흡을 애써 감추며 물었다.

"종이라니? 그런 심한 말을……. 그리고 말이야, 내가 아까

넌 죽인다고 했지? 넌 정말 쓸모가 없거든."
 "저런 쌍! 너 개년! 한 번만 더 입 열면 주둥이를 확 찢어버린다!"
 "후훗!"
 적령의 미소가 짙어졌다.
 "마음대로."
 파라락—
 짧게 말을 마친 적령이 두 팔을 크게 교차하며 흔들었다.
 그런데,
 '뭐, 뭐야, 이거?'
 가오성이 내심 크게 놀라 두 눈을 부릅떴다.
 바람 한 점 없는 어둠인데 어디서 갑자기 바람이 몰려왔는지 가오성의 머리카락과 의복이 거칠게 펄럭였다.
 "시작도 안 했는데 벌써 놀란 거야? 아직 놀라긴 이른데. 후후."
 적령의 미소에 살기가 어렸음을 느낀 건 윤뿐만이 아니었다.
 지이이잉—
 용혈검이 기이한 울음을 터뜨리며 바르르 떨었다.
 용혈검이 이 정도로 격한 반응을 보이다니.
 우우웅—
 순간 윤의 전신으로 기이한 기운이 스멀스멀 피어올랐다.
 "……?"
 그 모습을 바라보던 적령이 미간을 좁혔다.
 아니, 윤의 미간도 덩달아 좁혀졌다.

적령과 맞서다 221

'뭐지?'

윤이 고개를 갸웃거렸다.

새벽 공기가 시원하거늘 온몸이 갑자기 뜨겁게 달아올랐다.

자신도 모르게 갑자기 찾아든 변화.

윤은 이 현상을 도무지 이해할 수가 없었다. 하지만 그 기분이 나쁘진 않았다.

충만한 힘이 느껴졌다.

머리뿐만이 아니라 마음속, 아니, 전신이 깨끗이 씻기는 느낌이었다.

"빠져."

윤이 가오성에게 짧은 한마디를 내뱉었다.

"괜찮겠냐? 저거 진짜 장난 아닌 놈 같은데. 같이 싸워야 되는 거 아니냐."

"나중에. 내가 위험하면 그때 도와줘."

윤이 속삭이듯 말했다.

"알았다. 대신 조심해라."

가오성이 걱정스런 음성으로 말했다.

계집처럼 행동하고 말하는 것과 달리 소름이 돋을 만큼 강한 기운을 뿜어내는 놈이었다.

이제는 어디를 가더라도 어깨를 당당히 펼 수 있을 것이라 확신했는데.

가오성이 뒤로 물러나자 윤의 발끝이 조심스럽게 대지를 쓸었다.

살얼음판을 걷듯 긴장감이 감돌았다.

윤은 자신이 어느 정도의 무위를 지녔는지 몰랐다.

당연했다.

실전이라고 해봐야 경합 과정에서 벌인 비무와 방금 전 결투가 고작이었으니.

하지만 자신이 약하다고 생각한 적은 없었다.

그랬기에 그 누구와 싸운다 해도 쉽게 쓰러지지 않을 자신이 있었다.

그런데 눈앞의 적령과 마주해 보니 어쩌면 쓰러질 수도 있다는 생각이 들었다.

그만큼 적령이 윤에게 주는 위험은 대단했다.

스윽—

윤이 횡으로 비틀어진 용혈검을 오른쪽 겨드랑이로 바짝 끌어당겼다.

용노야의 구천류 북천류검 중 북천일로의 발검식이었다.

"……!"

살기를 머금은 두 사내가 서로를 노려봤다.

적령의 소매가 거칠게 펄럭였다.

그러면 그럴수록 용혈검의 울음 또한 더욱 사납게 울려 퍼졌다.

"……."

점점 더해지는 긴장감에 주위가 숨을 죽였다.

그러던 어느 순간,

적령이 두 팔을 교차하며 움직였다.

미소는 사라진 지 오래였다.

적령 또한 긴장하고 있다는 의미였다.

자신이 긴장을 하고 있다니. 적령은 이 사실을 좀처럼 믿을 수가 없었다.

하지만 갑작스런 윤의 변화에 분명 심장이 뜨겁게 달아올랐다.

얼마 만에 느껴보는 긴장감인가.

호승심이 부글부글 끓어올랐다.

윤이라고 했던가.

적령은 자신을 긴장시키고 호승심을 끌어올린 윤을 인정할 수밖에 없었다.

파라라락—

적령의 두 손에서 무시하지 못할 경풍이 일었다. 그 거리가 삼 장여인데 윤의 의복이 세차게 펄럭일 정도였다.

파앗—

거리를 좁혀오는 적령을 향해 윤 또한 빠르게 달려들었다.

공간은 순식간에 사라졌다.

사람의 손에서 어떻게 이런 거력이 뿜어져 나올 수 있을까.

윤의 머릿속에 문득 떠오른 의문이었다.

쐐애액—

거리의 이점을 가진 윤이 적령의 거력을 가르며 일검을 내려쳤다.

극강(極强)을 추구한 북천류검의 최후 초식이었다.

순간 적령의 거력과 용혈검의 힘이 허공에서 부딪쳤다.

맨손으로 용혈검을?
윤은 상식을 벗어난 적령의 만용이라 생각했다.
하지만,
사락—
피잇—
동시에 싸늘한 느낌을 지닌 소음이 터졌다.
그 소음이 터지기가 무섭게 상대를 비껴간 두 사내가 재빨리 서로를 향해 신형을 돌렸다.
일 수의 교환.
어둠 속 두 사내의 표정이 딱딱하게 굳어졌다.
'바보 놈이 감히 나를?'
적령이 두 팔을 길게 늘어뜨린 채 윤을 무섭게 노려봤다.
매끈하게 잘린 소매 부위로 더없이 하얀 피부가 드러났다.
"……!"
적령의 얼굴에 잔인한 살기가 넘실거렸다.
"후우……."
윤이 용혈검의 검병을 꽈득 쥔 자세로 가볍게 숨을 골랐다.
그의 우측 어깨에 핏물이 배어 있었다.
믿을 순 없지만 적령의 소매를 자른 대가였다.
맨손으로 용혈검을 상대한 것도 모자라 상처까지 남기다니.
그것도 북천류검 초식으로 상대를 했건만.
비록 가벼운 상처였지만 자존심이 상하는 일이었다.
아니, 적령의 실력이 그만큼 강하다는 의미였다.
"후후! 그게 용 늙은이의 구천류검인가 보군. 생각보다 대단한데? 감히 내 의복을 망가뜨리다니."

살기에 젖은 미소가 섬뜩했다.

'할 말이 있으면 더 하고 없으면 그만 덤벼라. 내가 더 대단한 거 보여줄게.'

윤이 내심 중얼거리며 피식 웃음을 흘렸다.

그 미소에 적령의 두 눈썹이 크게 꿈틀거렸다.

"건방진!"

파락—

적령이 분에 찬 음성을 내뱉으며 두 팔을 신경질적으로 내려쳤다.

"흥! 좋아. 내가 숨만 쉬는 시체로 만들어준다. 누구를? 너를."

파앗—

빛.

한줄기 섬광이 쏘아지는 듯했다.

감히 눈으로 쫓을 수 없는 빠르기.

거기에 더해진 엄청난 거력.

그 모습에 윤의 심장이 순간 뜨겁게 달아올랐다.

그리고 믿을 수 없는 기이한 현상이 일어난 것도 바로 그 순간이었다.

"……"

착각일까.

윤의 전신으로 마치 붉은 기운을 가진 아지랑이가 피어오르는 듯했다.

살기가 끓어오를 때면 어김없이 전신을 겉돌던, 분명 예전에 느껴봤던 낯설지 않은 기운이었다.
 '그때!'
 윤의 눈빛이 번뜩였다.
 그 순간 윤의 전신을 겉돌던 기운이 용혈검으로 미친 듯 빨려 들어갔다.
 놀랄 만한 기현상이었다.
 하지만 대지를 박찬 윤은 놀랄 겨를이 없었다.
 코앞으로 육박한 적령의 백면수를 보았기 때문이다.
 콰아아—
 쾌애애액—
 서릿발처럼 새하얀 적령의 백면수와 화마처럼 타오르는 용혈검.
 순간 윤이 붉게 타오르는 용혈검에 자신의 전력을 담아 어둠을 가차없이 쪼개 버렸다.
 쩌어엉—

 더없이 하얀 의복에 선명한 혈선이 그어졌다.
 그리고,
 주르륵—
 좌측 어깨에서 우측 옆구리로 사선으로 그어진 혈선에서 핏물이 왈칵 쏟아졌다.
 그 상처가 위중했다.
 빠른 조치를 취하지 않으면 그 생명까지 위태로워 보이는 상처였다.
 하지만,
 "……."
 적령이 독기 서린 두 눈으로 여전히 용혈검을 쥐고 있는 윤을 노려봤다.
 그런 윤의 입가로 검은 핏물이 흘러내려 그의 가슴팍을 적셨다.
 '윤, 윤, 윤!'
 적령이 차갑게 식은 가슴으로 윤의 이름을 되뇌었다.
 "공자님을 호위하라!"
 한 복면인이 허공을 향해 일갈을 내질렀다.
 순간 어둠 속에 숨어 있던 복면인들이 번개처럼 달려들어 적령의 전면을 막아섰다.
 물론 가오성 또한 이미 윤의 곁을 지키고 있었다.
 "괜찮은 거냐?"
 가오성이 다급하게 물었다.
 하지만 윤으로부턴 그 어떤 대답도 나오지 않았다.
 "……."
 하얗게 탈색된 윤의 얼굴.
 심각한 타격을 입은 게 분명했다.
 "어쩔래? 한 번 더 해볼까? 쌰!"
 가오성이 복면인들을 향해 서슬 퍼런 검을 겨누며 으름장을 놓았다.
 "원하는 새끼는 덤벼라. 모조리 죽여주마."

가오성이 이글거리는 살기를 전방으로 뿌려댔다.

그에 주눅이 든 것일까.

복면인들이 뒷걸음질을 쳤다.

그러던 어느 순간,

그들이 적령을 등에 업고 쏜살처럼 어둠 속으로 사라졌다.

"윤아! 괜찮아?"

복면인들이 사라지기가 무섭게 가오성이 다급한 음성을 내뱉었다.

그 순간,

"쿨럭—"

윤이 고통스런 표정으로 검게 죽은 핏물을 게워냈다.

핏물의 양이 적지 않았다.

"업혀! 어서!"

"호들갑 떨지 마. 괜찮으니까."

"괜찮긴 뭐가 괜찮아, 인마! 낯짝이 다 뒈져 가는데."

언성이 높아진 만큼 가오성의 걱정도 커졌다.

"꽤, 괜찮다니까."

아니, 괜찮지 않았다.

폐부를 찌르는 고통에 숨을 쉬는 것조차, 서 있는 것조차 힘들었다.

적령이 입힌 내상이 작지 않음을 의미했다.

"말이나 끌고 와."

"말? 그래, 말."

윤의 말에 가오성이 마차를 향해 황급히 신형을 날렸다.

"……."

윤의 시야가 흐려졌다.

마차로 달려가는 가오성의 모습이 흔들리는가 싶더니 이내 그의 시야에서 사라졌다.

폴썩—

第九章 천주를 가슴에 새기다

수호무사

눈부신 햇살이 창가로 스며들었다.
그 햇살 아래 가오성이 꾸벅꾸벅 졸고 있었다. 꽤 피곤한 모습이었다.
"아, 아, 안 돼!"
안 좋은 꿈이라도 꿨는지 가오성이 갑자기 고함을 쳤다.
"……."
두 눈을 부릅뜬 그가 주위를 둘러봤다.
정갈한 내실이었다.
새벽녘 가까스로 찾은 객잔의 객실이었다.
"휴우……."
꿈에서 깬 가오성이 안도의 한숨을 내쉬곤 잠들어 있는 윤의 상태를 살폈다.

의원의 말로는 몇 달간 요양이 필요할 만큼 심각한 내상이라 했다.

더불어 생명에는 지장이 없지만 결코 안심해서는 안 된다고 경고했다.

"……."

가오성의 표정에 먹구름이 잔뜩 끼었다.

하루 반나절 동안 깨어나지 않는 윤 때문이었다.

위험이 또 닥칠지도 모르는데.

그렇기에 어서 빨리 철혈무가로 돌아가야 하는데.

윤은 좀처럼 깨어나질 않았다.

그나마 위안이라면 숨소리만은 고르다는 점이었다.

'이놈이 이 정도로 당했다면 도대체 그년은 얼마나 대단하다는 거야. 아니지. 그년도 윤에게 된통 당했으니 막상막하라는 건가. 그래도 어차피 괴물인 건 마찬가지잖아. 대체 이놈한테 무슨 일이 벌어지고 있는 거야? 속 시원히 말이라도 해주면 좋으련만. 정말 답답해 미치겠네.'

가오성의 표정이 답답함에 잔뜩 찡그러졌다.

윤이 깨어난 건 반나절이 더 지난 저녁 무렵이었다.

가오성이 윤의 얼굴 이곳저곳을 살피며 부산을 떨었다.

"안 아파? 안 아프냐고? 괜찮은 거지? 어? 괜찮은 거지? 의원이 죽지는 않는다고 했는데. 내가 보기엔 돌팔이 같은데, 그래도 꽤 용하다고 하더라고. 괜찮은 거지? 근데 배는 안 고파? 식사 가져오라고 할까? 너 하루 반이나 누워 있었어, 인마. 걱정돼

돼지는 줄 알았다고."

두서없이 말을 쏟아내는 가오성.

그의 걱정이 얼마나 컸는지 짐작되는 순간이었다.

"어디야?"

"그냥 누워 있어, 인마!"

가오성이 몸을 일으키려는 윤의 어깨를 지그시 누르며 말했다.

"괜찮아."

"괜찮긴, 그냥 누워 있으라면 누워 있어. 어른 말씀을 들으면 자다가도 떡이 나온다잖아."

"누가? 누가 어른이야?"

"누구긴 누구야? 차기 월하정 호위대장이 되실 이 가오성 대장님이시지."

"후후……. 알았으니까 몸 좀 일으켜 줘."

"하여간 고집은. 그냥 누워 있으라니까."

가오성이 어쩔 수 없다는 듯 윤을 부축해 일으켰다.

"으음……."

윤이 창가에 몸을 기대며 가벼운 신음성을 흘렸.

몸을 움직일 때마다 꽤 큰 고통이 느껴졌기 때문이다.

"고생했겠네."

"했지. 엄청 했지. 설마 안 했겠냐? 그나저나 정말 괜찮은 거냐?"

"괜찮아."

윤이 애써 미소를 지으며 짧게 대꾸했다.

가오성은 그 모습에 큰 시름을 내려놓을 수 있었다.

"윤아, 근데 말이야."

가오성이 아랫입술을 깨물며 고민스런 표정을 지었다.

윤은 가오성이 무엇을 말하려고 저리 고민하는지 어렴풋이 알 수 있었다.

"사실 말이야, 내 다시는 안 물어본다고 너와 약속했는데, 정말, 진짜, 도저히 궁금해서 못 참겠다. 아니, 이러다 정말 미칠 것 같다, 내가."

가오성의 표정은 간절했다.

반면 윤의 표정은 담담했다.

"적위도 그렇고 건 형도 그렇고, 솔직히 령령도 그렇고, 그리고 갑자기 튀어나온 적령 그년은 또 뭐냐고. 음서서와 연관이 있는 놈이라지만 솔직히 너무 이상하잖아. 도대체 감추고 있는 게 뭐냐? 정말 내가 알아서는 안 되는 거냐? 설마 날 못 믿는 거냐? 나 가오성을 못 믿는 거냐고?"

구구절절 쏟아지는 말 속에 답답함이 배어 있었다.

"믿어."

짧지만 강한 음성이었다.

묘한 매력을 풍기는 윤이었다.

뭐라고 해야 할까.

믿음을 준다고 해야 할까.

어쨌든 분명한 건 윤에겐 사람을 잡아끄는 묘한 매력이 존재한다는 것이었다.

'누가 몰라?! 믿는다는 걸 누가 모르냐고? 아니까 내가 이렇게 미치는 거 아니겠냐고, 이 미련한 놈아!
 가오성의 가슴이 부글부글 끓었다.
 "해야 할 일이 있어."
 "그러니까, 그게 뭐냐고?"
 "조금만 기다려 줘. 아직은……."
 "휴우……."
 윤의 똑같은 반응에 가오성이 길게 숨을 내쉬었다.
 "식사 가져올 테니까 밥이나 먹어라. 배고플 텐데."
 가오성이 시무룩한 표정으로 일어섰다.
 "내 다시는 물어보나 봐라. 쌍! 한 번만 더 물어보면 성을 간다! 내가 성을 갈아!"
 "뭔 성으로 바꾸려고?"
 투덜투덜 객실 문을 여는 가오성을 향해 윤이 물었다.
 "내가 그럼 염가다, 염가. 아니, 음가다, 음가. 됐냐, 새꺄!"
 "후후……."

* * *

넓지 않은 내실.
 희미한 등불이 흔들리는 정갈한 곳이었다.
 내실에 가득한 약초 향이 코끝을 싸하게 만들었다.
 그 향에 숨이 턱 막힐 정도였다.
 "……."
 적여립의 표정이 잔뜩 굳어 있었다.

그의 두 눈 아래 적령이 죽은 듯 누워 있었고, 뒤로는 한 사내가 부복해 있었다.

사내는 윤과 처음 조우해 윤을 마차에 태운 인물이었다.

"일대일의 결투였나?"

적여립이 모든 경과를 들었음에도 다시 물었다.

"그렇습니다."

"그놈은?"

"적 공자의 공격에……."

"살아 있음을 물은 것이다."

"그렇습니다."

사내가 고개도 들지 못한 채 대답했다.

"추적 상황은?"

"적 공자의 상세가 위중했던 터라 그들을 추적했을 땐 이미 그 흔적을 지운 뒤였습니다."

"그래서?"

"최선을 다하고 있으니 조만간 연락이……."

"최선을 다한 게 고작 이것이었던가?"

적여립이 사내에게 시선조차 돌리지 않고 싸늘하게 물었다.

그의 전신으로 폭풍과도 같은 기세가 넘실거렸다.

"주, 죽여주십시오."

"죽는다 하여 이 상처가 아물 수 있을 것 같다면 그리하라. 아니라면… 입을 다물라."

그 음성에 거부할 수 없는 힘이 묻어 있었다.

'모자란 놈!'

적여립이 해쓱한 적령의 낯빛을 걱정스레 바라봤다.
그토록 드세던 적여립의 기세는 이미 사라진 후였다.
하나뿐인 동생이었다.
이 세상에 남은 단 하나의 혈육이었다.
답답하다 하여 웃으며 허락했던 일이다.
그만큼 동생을 믿었고, 웃으며 돌아올 그를 기다리고 있었다.
그런데 이런 상처 입은 몸뚱이를 끌고 돌아오다니.
믿을 수 없는 결과에 당황했던 것이 사실이나 당황보다는 아픔이 먼저였다.
'역천을 이겨낸 천령이거늘, 어찌 그 바보 놈이!'
적여립의 눈매가 가늘어졌다.
음서서의 부탁으로 어쩔 수 없이 죽이려 했던 놈이다.
그런 놈이 제 발로 철혈무가로 돌아왔다기에 다시 죽이려 했다.
그런데 음서서가 막았다, 그럴 필요가 사라졌다고.
그러려니 했다.
어차피 얼굴조차 기억이 안 나는 하찮은 놈이었으니.
그런데 그런 놈과 싸워 동생이 사경을 헤매고 있다.
이걸 어찌 믿으란 말인가.
'경합에서 보인 실력만으론 턱없이 부족하다. 그렇다면 바보인 척하며 용사량의 진전을 이었단 말인가. 아니, 그것 또한 부족하긴 마찬가지다.'
용사량의 무공은 강했다.
극대성한 구천류검을 꺾을 무공은 흔치 않았다.

역천을 이겨낸 적령이라 할지라도 극대성한 구천류검을 꺾긴 힘들었다.

하지만 그 짧은 시간에 윤이 어찌 구천류검을 극대성할 수 있을까.

불가능했다.

고금제일의 기재라 할지라도 이룰 수 없는 성취였다.

그렇다면 무엇이란 말인가.

적여립의 고민은 깊어만 갔다.

그러다 그가 한 가지 가정을 내렸다.

'은영?'

윤이 은영이라면, 부족하지만 만약 윤이 용사량의 진전을 이은 은영칠주에 속한 은영이라면 가능할 수 있었다.

하지만,

'은영이라니? 밀영대의 정보망에 그 어떤 흔적도 포착되지 않은 놈이다. 더구나 그 바보 놈이 어찌!'

바보 윤과 밀영대의 존재를 떠올린 적여립이 고개를 가로저었다.

그렇다면 대체 무엇이란 말인가.

용사량의 구천류검을 극대성한 것도 아니고 은영칠주에 속한 인물도 아니라면.

과연 이 결과를 어찌 설명해야 한단 말인가.

적여립은 도무지 그 답을 찾을 수가 없었다.

"추적을 멈추라 하라."

적여립이 깊은 상념을 떨쳐 내며 조용히 말했다.

"대공자의 명을 받습니다."
사내가 적여립의 명령을 받았다..
'어차피 돌아갈 터. 내 직접 너를 찾아가마.'
적여립의 눈가에 짙은 살기가 어렸다.

　　　　　　　*　　　*　　　*

 창백한 표정의 윤이 철혈무가의 문을 넘자 수많은 시선이 그에게로 쏠렸다.
 예전 같았으면 너나 할 것 없이 달려들어 윤을 놀렸을 텐데, 이제는 그 누구도 윤에게만큼은 다가서려 하질 않았다.
 철혈무가 내에서 윤이 차지하고 있는 현 위치의 모습이었다.
 "영주."
 소식을 듣고 허겁지겁 외전까지 달려온 노적위가 윤을 맞이했다.
 "괜찮으십니까?"
 핏기 하나 없는 창백한 윤의 얼굴에 노적위가 딱딱하게 굳은 표정으로 물었다.
 "별일 아닙니다."
 "미친놈, 별일이 아니긴. 죽을 뻔했던 놈을 내가 살려놓았는데. 난 네놈이 뒈지는 줄 알았어, 인마! 그리고 지금에 와서 하는 얘긴데, 철혈무가로 돌아오는 내내 내 심장이 얼마나 떨렸는지 아냐? 그 미친놈들 다시 나타날까 봐."
 가오성이 대뜸 끼어들며 윤의 옆얼굴을 노려보았다.

"드십시오."

윤의 상태가 걱정이었는지 노적위가 가오성을 밀치며 입을 열었다.

윤이 월하정에 돌아온 바로 직후.
"제길! 우린 호위무사도 아니란 건가? 건방진 새끼들."
정성도의 입에서 거친 욕설이 터졌다.
개밥의 도토리 신세.
자신이 이런 신세가 될 줄 어찌 상상이나 했겠는가.
하지만 월하정에서만큼은 그는 분명 개밥의 도토리였다.
지금도 그랬다.
자신들만 쏙 빼놓고 밀담을 나누는 꼴이라니.
정성도로서는 분통이 터질 만도 한 일이었다.
"뭔 말 좀 해보십시오."
정성도가 필보경을 돌아봤다.
"뭔 말을 하라는 거지?"
오히려 되묻는 필보경.
그의 표정은 무심할 정도로 담담했다.
"이렇게 지낼 순 없지 않습니까?"
"이렇게 지내는 것? 쥐새끼의 삶이 이 정도면 호사인 줄 아는데?"
"쥐새끼라니요? 말이 심하시군요."
정성도의 눈매가 날카로워졌다.
아무리 그 관계가 서먹서먹한 호위대와 철혈검대라지만, 그래도 같은 배를 탄 사이인데, 저따위 말투라니.
 "심했다면 미안하군. 후후······."
 필보경이 조롱에 가까운 미소를 지으며 말했다.
 "철혈염가를 위한 특별한 임무이거늘, 어찌 그 임무를 수행하는 자를 쥐새끼라 표현할 수 있단 말이오?"
 "철혈염가? 후훗!"
 "무슨 의미의 웃음이오?"
 "의미? 무슨 의미? 웃는 것도 죄가 되나?"
 순간 필보경과 정성도의 눈빛이 허공에서 부딪쳤다.
 '정신 나간 놈! 언제까지 그렇게 자기 잘난 맛에 살 것이더냐? 벌써 철혈검대원 대부분이 가주께 충성을 다짐했다. 한데 너는? 벌써 부대장의 직책을 얻었어야 할 놈이 고작 조장에 머물고 있다니. 네놈이 병신임을 왜 너만 모르는 것이더냐? 이곳이 너의 마지막 기회인 것을 왜 모르는 척, 고고한 척한단 말이더냐?'
 정성도가 세상물정 모르는 우직한 필보경의 어리석음을 내심 꾸짖었다.
 정성도의 내심처럼 벼랑 끝에 몰린 필보경이었다.
 철혈무가 소속 철혈검대원이라는 자부심 하나로 버텨온 그였건만,
 철혈무가를 그리워한다는 이유 하나만으로 중전에서 철저히 외면당하는 그였다.
 그러던 중 받은 임무가 바로 월하정의 호위무사였다.
 선택은 필보경의 몫이었다.

철혈무가인지 아니면 철혈염가인지.
　임무에 충실하면 다시금 올라설 것이고, 그렇지 않다면 버려질 수밖에 없는 상황이었다.
　'이미 사라진 철혈무가이거늘. 쯧쯧! 네놈의 무위가 그저 아까울 뿐이구나.'
　정성도가 임수 수행은커녕 유유자적 시간만 축내는 필보경을 바라보며 내심 중얼거렸다.

*　　*　　*

　무유화가 조심스럽게 발걸음을 놀렸다.
　그녀의 뒤로 령령과 소은이 따랐다.
　"어쩐 일이십니까, 아가씨?"
　가오성이 별채로 들어서는 무유화를 발견하곤 머리를 조아렸다.
　"윤이는……."
　"건 형과 함께 있습니다."
　"그래요."
　"기별을 넣겠습니다."
　무유화의 아쉬운 낯빛을 본 가오성이 빠르게 입을 열었다.
　"아, 아니에요. 나중에 다시 올게요."
　"아닙니다. 제가 기별을 넣겠습니다."
　"아니에요. 정말 괜찮아요. 나중에 다시 오면 되는데요, 뭘."
　"그럼 이야기가 끝나는 대로 제가 데리고 가겠습니다."

"몸도 편치 않을 텐데, 그럴 필요까지는 없습니다. 그저 걱정이 되어 들른 것이에요."

"몸이 편치 않다니요. 그놈 용뼈를 삶아 처먹었는지 회복 속도가 장난이 아닙니다. 팔팔합니다, 아주."

무유화의 걱정을 덜어주려는 말이 아니었다.

물론 팔팔한 것까지는 아니었지만, 의원이 전한 말과 달리 윤의 회복 속도는 정말 빨랐다.

"다행이네요. 그럼 고생하세요, 가 무사님."

"제가 거처까지 모시겠습니다, 아가씨."

"괜찮아요. 령령 언니가 항상 곁에 계신데요, 뭘."

무유화가 조심스럽게 가오성의 호의를 물렸다.

가오성이 무유화를 모시려는 이유는 따로 있었는데.

"……"

가오성이 소은을 힐끔거렸다.

그 눈빛을 느낀 소은이 대뜸 입을 열었다.

"왜요? 오늘 요리가 뭔지 또 궁금해서 그래요?"

"어… 어? 어, 그래. 오, 오늘 요리가 뭐냐?"

"아직 생각 안 했거든요."

말을 마치기가 무섭게 소은이 가오성에게 혀를 쭉 내밀었다.

분명 약올리는 행동이었지만 가오성의 두 눈엔 그 행동마저 귀여워 보였다.

"아가씨."

그때 령령이 끼어들었다.

"네, 언니."

"호위대장님께 전할 말이 있어서 그러는데, 가 무사님과 잠시 먼저 가 계시면 안 되겠습니까?"
"아, 그래요. 그럼 그렇게 하세요. 서두르지 마시고 편히 말씀 나누다 오세요, 언니."
"감사합니다."
령령이 고개를 숙이며 감사를 표했다.
찡끗!
가오성이 령령에게 무유화와 소은 몰래 한쪽 눈을 찡긋거렸다.
령령에게 고마움을 표하기 위해서였다.
"가십시오, 아가씨. 지금부터는 월하정 차기 호위대장 가오성이 모시겠습니다."
가오성의 너스레에 무유화가 슬며시 미소 지었다.
"근데 소은아, 넌 어쩜 그렇게 요리도 잘하니. 요즘 아주 이 배가 호사에 겨워 죽겠다."
가오성이 뒤따르는 소은을 돌아보며 말했다.
"제가 요리하는 거 아닌데요."
"……?"

한편 그 시각.
방 안에는 김이 자욱했다.
그 출처는 윤이었다.
가부좌를 튼 윤의 상체에서 뜨거운 김이 모락모락 피어올랐다.

군살 하나 없는 탄탄한 몸이었다.

좌측 옆구리와 우측 어깨, 그리고 우측 상박에 흉물스럽게 변한 검상이 존재했고, 좌측 가슴엔 선명한 손자국이 새겨져 있었다.

손자국은 적령의 공격에 당한 흔적이었다.

"……"

뜨겁지만 부드러운 기운이 그의 몸을 맴돌았다.

분명 내력이란 존재였다.

지금껏 단 한 번도 내공심법을 배운 적이 없건만 좀처럼 이해가 되질 않는 현상이었다.

그저 문득 떠오른 구결을 머릿속에 그리며 명상에 잠겼을 뿐인데, 그 순간 저도 모르게 무아지경에 빠진 것이다.

"……"

건유운이 명상에 푹 빠진 윤의 옆을 굳건히 지켰다.

평온한 윤의 표정과 달리 건유운의 표정은 어두웠다.

어떻게든 떠나는 윤을 말렸어야 했는데.

뒤늦은 후회가 밀려들었다.

그래도 다행이었다.

정말 돌이킬 수 없는 상황까지 치달을지도 몰랐는데.

"……"

명상에 빠진 윤의 가슴팍에 나타났던 희미한 글귀가 점점 더 선명해지고 있었다.

천주(天主).

하늘의 주인이라니.

너무도 광오한 글귀였다.

"으음······."

건유운이 가벼운 한숨을 내쉬었다.

윤의 가슴을 바라보는 그의 표정은 진지했다.

표식이 나타난다는 것은 본문의 내력이 드디어 체내로 녹아 든다는 의미였다.

아무래도 사투를 벌이는 와중 윤의 신체에 큰 변화가 온 듯싶었다.

깨달음을 얻지 않고서는 결코 나타날 수 없는 현상이었다.

건유운 자신 또한 부단한 노력 끝에 깨달음을 얻었고 그 후 은영으로서 세상 밖으로 나올 수 있었다.

"······."

건유운의 두 눈이 갈망에 일렁였다.

하지만 그것도 잠시, 이내 그의 표정 한편으로 어두운 걱정이 드리웠다.

* * *

얼마 만인가.

꽤 오랜만인 것 같았다.

"······."

적령이 따사로운 햇살을 받으며 정원을 거닐었다.

핏기가 감도는 얼굴.

적여립의 지극 정성으로 적령의 건강은 빠르게 회복되고 있었다.
"왜 나와 있는 것이냐?"
"형님!"
적령이 자신의 거처로 들어서는 적여립을 반겼다.
"누워만 있으려니 답답해서요."
"무리하지 말라 했거늘."
적여립이 걱정 가득한 음성으로 말했다.
"많이 좋아졌어요."
"그래도 항상 조심하여라."
"명심할게요."
적령이 살포시 미소 지으며 대답했다.
"여하야……"
"네, 형님."
적령을 적여하라고 부르는 사람은 오직 적여립뿐이었다.
"저번에 나에게 했던 말 기억하느냐?"
"어떤……?"
적령이 미간을 좁히며 반문했다.
오간 말이 한두 가지가 아니거늘.
"밀영대의 정보에 관한……"
"아, 그거요. 당연히 기억하죠. 밀영대 놈들, 완전히 밥만 축내는 버러지들이라니까요, 순 엉터리 정보만 물어다 놓는."
"그 윤이라는 바보 말이다."
"그놈 바보이긴 바보인데 생각해 보니 정말 이상한 바보예요. 뭐랄까, 겉만 바보랄까. 어쨌든 괜히 그놈에게 속았단 기분

천주를 가슴에 새기다

이 들어요. 그리고 그놈은 제가 죽여요, 반드시."

천진난만했던 적령의 표정이 순간 싸늘하게 식었다.

"네가 보기엔 어떻더냐?"

물어볼 필요도 없는 질문이었다.

역천을 이겨낸 적령을 죽음 직전까지 몰고 간 실력이라면 절정에 근접한 강자란 의미다.

"어차피 다시 만나면 제 손에 죽을 놈이지만 솔직히 대단하긴 했어요. 중전의 상급 실력이요? 그건 정말 엉터리 정보예요."

"윤에 대한 정보를 수집했던 밀영대원을 지금 만나고 오는 중이다."

"그딴 엉터리 정보를 물고 온 그 무능한 놈! 그냥 죽여 버리지 그러셨어요."

"그가 가져온 정보는 정확했다."

"네?"

적령이 두 눈을 바짝 치켜떴다.

"그게 무슨 말이에요?"

적령이 궁금한 표정으로 물었다.

"정보가 실수로 누락되었거나, 아니면 누군가 고의적으로 누락시킨 것이겠지."

"누가 감히!"

"확단키는 어렵지만, 누군가에 의해 정보가 조작되고 있다는 느낌이다. 특히 철혈무가에 대한 정보가 말이다."

"밀영대에 세작이 숨어 있다는 말씀이신가요?"

"그렇다."

"그럼 그놈을 당장 잡아야죠. 어쩐지 아무리 밥만 축내는 밀영대 놈들이라지만 그런 허접한 정보를 물어올 놈들은 아닌데."

"당분간 모르는 척하고 있거라."

"네, 형님."

적여립이 적령의 흥분을 가라앉혔다.

"다른 일은 내가 다 알아서 할 것이니 너는 건강을 회복하는 데에만 최선을 다하거라."

"명심하겠습니다, 형님."

"천령들의 출관이 얼마 남지 않았다. 이번 일로 너의 자리가 흔들릴 수 있음이니, 더욱 정진토록 해야 할 것이다. 알겠느냐?"

"네, 형님."

적령의 얼굴이 대번에 시무룩해졌다.

"몇 명의 천령이 출관하는 것인가요?"

적령이 궁금한지 물었다.

어찌 궁금하지 않을까, 자신의 경쟁자가 늘어난다는 의미인데.

"염부심을 포함한 세 명의 인물이 천령의 모습으로 출관할 것이다."

"그렇게나 많이요?"

"무진강에 의해 철혈무가에 봉인되었던 역천대법서의 진본을 얻었기에 가능한 결과다. 두렵더냐?"

"두렵기는요."

적령이 피식 웃으며 대답했다.
두렵지는 않지만 긴장이 되는 건 사실이었다.
과연 어떤 이들일까.
궁금하기도 했다.
"할 일이 있어 그만 가봐야겠다. 몸조리 잘하거라."
"예, 형님."

밀영대 본각.
한 사내가 산더미처럼 쌓인 서류 뭉치 속에 파묻혀 그들과 싸우고 있었다.
오늘 하루 그의 집무실로 들어온 서류만 해도 어마어마한 양이었다.
어지간한 정보들은 수하들에게 맡겨도 될 것을.
정말 일에 중독된 사람처럼 온종일 집무실에 처박혀 지내는 사내였다.
"바쁘십니까?"
적여립이 밀영대주 곽한의 집무실로 들어서며 조용하게 말했다.
"대공자께서 어쩐 일로 이런 누추한 곳까지……."
곽한이 반가운 얼굴로 적여립을 맞이했다.
"앉으십시오. 이거 너무 지저분해서……. 하하!"
곽한이 민망한 듯 뒷머리를 쓰다듬었다.
"대주의 열정이 이리도 크시니 본 문의 영광도 머지않아 보입니다. 후후……."

"능력이 부족하여 손발이 고생하는 것인데 그저 창피할 뿐입니다. 하하!"

사십을 갓 넘어 보이는 곽한.

넉넉한 인상을 가진 마음씨 좋은 아저씨의 모습이었다.

"그나저나 어쩐 일이십니까?"

곽한이 물었다.

"마음에 걸리는 것이 있어 이렇게 대주를 찾아뵈었습니다."

"그렇다면 수하를 시켜 전갈을 주시지 그러셨습니까. 제가 당장 달려갔을 터인데……."

곽한이 죄송한 듯 입을 열었다.

"아닙니다. 본 문에서 가장 바쁘신 분인데 제가 그럴 수는 없는 일이지요."

적여립이 손사래를 치며 말했다.

"……."

잠시 침묵이 흘렀다.

"그나저나 대공자의 마음을 어지럽히는 그것이 대관절 무엇이란 말씀이십니까?"

곽한이 침묵을 날려 버리며 물었다.

"그것이……."

말끝을 흐리는 적여립.

그의 표정에 난처함이 어렸다.

"편히 말씀하십시오."

"그럼 무례를 무릅쓰고 말씀드리겠습니다."

적여립이 미소를 싹 지우며 입을 열었다.

"밀영대에 세작이 숨어 있는 듯합니다."

"세, 세작이라니요?"

곽한이 크게 놀라 자신도 모르게 말을 더듬었다.

세작이라니?

적여립은 결코 허튼소리를 할 사람이 아니었다.

그렇다면 사실일 확률이 높다는 의미인데.

만약 적여립의 말이 사실이라면 이는 정말 큰일이 아닐 수 없었다.

"어찌 그런 생각을 하셨습니까?"

"아직 확신하긴 어렵지만, 누군가에 의해 정보가 누락되고 있다는 느낌을 지울 수가 없습니다."

"누락이라니요?"

"이번 적령의 일도 그렇고, 지금껏 모은 은영들에 대한 정보도 그렇고……."

순간 적여립의 눈매가 가늘어졌다.

"적 공자의 일이라면……."

"용사량의 진전을 이었다는 그 윤이라는 자에 관한 정보입니다."

"으음……."

곽한의 입에서 깊은 신음성이 터져 나왔다.

그 또한 그 일로 골머리를 앓고 있는 중이었다.

모든 정보가 십 할의 정확함으로 맞아떨어질 수 없지만, 그래도 오차의 허용 범위란 것이 있다.

어느 정도의 오차는 인정되지만, 만약 그 정도를 벗어난다면 그것은 정보라 말할 수 없었다.

 오히려 그 정보로 인해 커다란 화를 입을 수도 있는 일이었다.

 이번 일이 딱 그러했다.

 "안 그래도 그 일 때문에 저 또한 고민이었습니다. 하지만 은영들에 대한 정보는……."

 곽한이 말꼬리를 흐렸다.

 뒷말을 잇고 싶었지만 감히 그럴 용기가 나질 않았다.

 적여립이란 존재감이 주는 위압감 때문이었다.

 "현재 철혈무가와 은영들에 대한 정보를 다루는 인물이 누구입니까?"

 "은영들에 대한 정보는 워낙 극비인지라 제가 직접 처리하고 있고, 철혈무가에 대한 정보는 칠당주가 관리하고 있습니다."

 "조원중."

 적여립이 턱 끝을 매만지며 고민했다.

 "그의 복귀를 명해주실 수 있겠습니까?"

 고민을 떨쳐 낸 적여립이 물었다.

 "그거야 문제될 건 없지만……."

 "부탁드리지요."

 부탁이 아니라 명령에 가까운 어투였다.

 "알겠습니다. 당장 그의 복귀를 명하겠습니다."

第十章 다필엽을 만나다

수호무사

어둠이 내린 숲길.
그리고 어둠과 동화된 한 사내.
"……."
사내가 어둠의 한 점을 조용히 응시했다.
누군가를 기다리는 눈빛이었다.
그렇게 얼마의 시간이 흘렀을까, 어둠 저편에서 한 인영이 빠르게 내달리고 있었다.
점점 좁혀지는 거리.
그 거리 오 장여가 되었을 때, 사내가 모습을 드러냈다.
사내는 곽한이었다.
"조원중, 대주를 뵙습니다."
밀영대 칠당주 조원중이 곽한에게 깊은 예를 취했다.

이미 약속을 한 듯 보이는 표정들이었다.
"고생이 많았다."
"고생이라니요. 당치 않습니다. 그런데 왜 이런 곳에서……."
조원중이 말끝을 흐리며 궁금증을 표했다.
본문에서 꽤나 멀리 떨어진 외진 곳이었다.
물론 본 문으로 가는 길목이었지만, 굳이 여기까지 나와 자신을 만나자고 한 곽한의 의중이 궁금했다.
복귀를 한 후 보면 될 것을.
"그나저나 무슨 일 때문에 복귀를 명하신 것입니까?"
조원중이 궁금증을 떨쳐 내며 물었다.
"대공자께서 밀영대를 의심하고 있다."
"의심이라니요?"
조원중이 의아한 표정으로 다시 물었다.
"밀영대에 세작이 숨어 있다고 말하더군."
"세, 세작이라니, 대체 그것이 무슨 말입니까?"
"대공자께서는 철혈무가에 대한 정보를 의심하고 있다. 누군가에 의해 철혈무가의 정보가 조작되고 있다고 생각하신다."
"조, 조작이라니, 그 어찌 가당키나 한 소리란 말입니까?"
"그러니 문제가 아니겠나. 허튼소리를 할 대공자가 아니거늘. 확실한 심증이 있기에 그런 말을 했겠지."
"서, 설마 저를 의심하는 것이란 말입니까?"
조원중이 놀라 더듬거렸다.
"너의 결백함은 내가 알지만 대공자께서는 그렇게 생각하지 않는 것 같다."

"대, 대주, 어찌 대공자께서 저를 의심한단 말입니까? 저는 결백합니다. 대주께서도 저의 결백함을 아시질 않습니까."

조원중이 억울한 듯 답답함을 호소했다.

곽한이 그의 마음을 어찌 모를 수 있을까.

그 누구보다 본 문을 위해 최선을 다하고 있는 그였다.

그의 결백은 곽한 자신뿐만이 아니라 하늘도 다 아는 사실이었다.

하지만 안타깝게도 세작은 그가 되어야만 했다.

"너의 결백을 알기에 이렇게 마중 나온 것이다."

"무, 무슨 말씀이십니까?"

심상치 않은 곽한의 기세를 느낀 조원중이 자신도 모르게 뒷걸음질쳤다.

스르릉—

갑자기 검을 뽑아 드는 곽한의 전신으로 예사롭지 않은 기세가 뻗쳤다.

"서, 설마!"

"오라. 고통은 없을 것이다."

"그, 그대가 세작이었던 것이오?"

조원중이 연신 뒷걸음질치면서 입을 열었다.

"아직 밝혀질 때가 아니거늘……."

"이런 제, 제길!"

곽한의 무심한 표정에 조원중이 욕설을 내뱉었다.

채앵—

"역시 네놈이 세작이었던 것이구나?"

조원중이 뒷걸음질을 멈추며 시린 검을 뽑아 들었다.
그의 입가에 비릿한 미소가 걸렸다.
곽한과 일대일로 검을 섞는다면 십중팔구 필패였다.
필패의 의미는 곧 죽음이었다.
그런데 죽음을 앞에 둔 조원중의 표정이 이상하리만치 여유로웠다.
그때였다.
"하하하!"
어둠 속에 낭랑한 웃음소리가 울려 퍼졌다.
"대주, 이것 참 실망이구려."
느긋한 신색으로 어둠을 가르는 사내, 적여립이었다.
그의 등장에 곽한의 얼굴이 딱딱하게 굳어졌다.
"은영인가?"
적여립이 짧게 물었다.
더 이상 존칭은 의미가 없었다.
"개방의 정보력을 뛰어넘는 밀영대이거늘, 지금껏 은영의 존재를 파악하지 못했다는 것이 늘 의문이었지. 그런데 이제야 그 이유를 알겠군. 다시 한 번 더 묻지, 천문의 졸개인가?"
적여립의 눈매가 사나워졌다.
천문(天門).
그들의 존재는 그림자와 같았다.
현 강호의 그 누구도 천문의 실체를 직접 확인한 사람은 없었다.
하지만 그들은 분명 존재했고, 그들 나름의 방식대로 이 강호를 걸고 있었다.

이백여 년 전, 세외의 세력인 혈교가 강호를 피바다로 만들었을 때, 천문의 인물들이 나타났다.

하지만 나타나기가 무섭게 그들은 바람처럼 사라졌다.

실체 없는 그림자와 같은 존재들.

그들이 바로 천문이었다.

하지만 그들이 아무리 실체 없는 그림자라 하나 천문의 존재를 부정하는 사람은 없었다.

이미 전설이 되어버린 존재였지만 세인들은 여전히 천문을 기억하고 있었다.

그런데 놀랍게도 적여립이 그런 천문을 거론했다.

지이잉—

곽한이 검을 재차 고쳐 잡았다.

입을 열진 않았으나 그의 대답은 명확했다.

"감히 천문의 졸개 따위가 본 문의 그늘 아래에서 활개를 쳤단 말인가."

적여립의 표정에 노기가 가득했다.

곽한은 아예 눈에 보이지도 않는단 표정이었다.

"애송이, 많이 컸구나."

침묵을 지키던 곽한이 드디어 입을 열었다.

"애송이? 후후……. 천문의 쥐새끼들보단 그래도 애송이가 낫지 않겠느냐? 어쨌든 살려는 주마. 너를 시작으로 천문의 졸개들을 잡아들여야 할 터이니."

"자신하느냐?"

곽한이 짧게 물었다.

완전히 포위당한 그인데 표정에 여유가 물씬 풍겼다.

"오는 길이 심심하여 사제들을 좀 데려왔는데, 이 정도면 충분하지 않을까? 쥐새끼 한 마리를 잡는 데 내 너무 과민한 반응을 보인 것은 아닌지. 후후후……"

"멸문을 면치 못한 천문인 줄 알았더니, 본 문에 숨어 있던 쥐새끼가 저놈이었습니까?"

"밀영대주 곽한. 우습군. 푸훗!"

젊은 두 사내의 등장에 곽한의 얼굴에 짙은 먹구름이 드리웠다.

'마령들까지……. 내가 너무 조급했구나. 어리석은!'

적여립 한 명 정도라면 어떻게든 이 상황을 타계할 수 있을 것 같은데, 역천을 이겨낸 마령들이라니.

은영칠주와 그 어깨를 견줄 수 있는 강자들이었다.

그런 강자 셋을 홀로 감당할 수는 없었다.

전력을 다한다 해도 필패에 가까운 싸움이었다.

순간 곽한의 표정에 고민이 스쳤다.

그리고 내린 결론 하나, 비겁하지만 도주였다.

"오라."

곽한이 전방을 쓸어보며 나지막하게 말했다.

"은영이라……. 그 실력이 궁금하군."

천령 중 하나인 혁령이 한 걸음 내디디며 말했다.

그의 양손에 묵 빛의 쇠막대기가 쥐어져 있었다.

두 척의 길이.

보기에도 단단하기 이를 데 없는 물건이었다.

"제가 나서도 되겠습니까?"

혁령이 묻자 적여립이 가볍게 고개를 끄덕였다.

손쉬운 승리를 위해선 합공이 우선이나 괜히 자존심이 상했다.

은영들의 존재를 무시하는 것은 아니나, 사제들은 역천을 이겨낸 천령들이었다.

은영칠주라면 모를까,

천령이라면 은영 네다섯 명쯤은 손쉽게 주무를 수 있는 강자들이었다.

촤악!

적여립의 허락을 얻어낸 혁령이 묵정(墨涏)을 대지 위로 힘차게 뿌려댔다.

"후후, 기대가 크군. 천문의 은영이라……."

같은 하늘 아래 결코 양립할 수 없는 숙적을 코앞에 둔 혁령의 미소가 진해졌다.

이미 멸문당했을 것이라 여겼던 천문이건만, 이렇게 눈앞에 다시 나타날 줄이야.

전대 은영들의 이야기는 귀가 따갑도록 들었다.

그들 일신의 무위가 일문을 세울 정도로 뛰어나다는 것 또한 익히 들었다.

그래서인지 혁령의 두 눈에 호기심이 가득했다.

과연 정말 그럴지.

"우선 가볍게 시작해 볼까."

파앗—

두 척의 묵정을 십자로 교차시키곤 혁령이 먼저 신형을 뽑아 올렸다.

*　　　*　　　*

윤이 흐느적흐느적 걸음을 옮겼다.

그렇게 윤이 널찍한 연무장을 가로질러 당도한 곳은 철혈검 대원들의 숙소였다.

경합이 끝난 후 단필엽은 철저한 고립 속에서 홀로 생활했다.

벙어리가 된 양 입도 열지 않았다.

그토록 밝던 얼굴에 그늘이 드리워졌고, 얼굴은 푸석푸석 말라만 갔다.

그런 단필엽을 두고 많은 말들이 오갔다.

그중 가장 많이 나왔던 말은 당연히 윤과 비무에서 진 충격에서 그가 헤어 나오지 못한다는 말이었다.

삐걱—

굳게 닫혔을 것이라 생각했던 방문이 윤의 손끝에 의해 의외로 쉽게 열렸다.

"……"

방에 들어선 윤이 창밖을 멍하니 바라보는 단필엽의 등을 가만히 지켜보며 입을 열었다.

"사람이 왔는데 쳐다보지도 않습니까?"

윤의 음성에 단필엽이 고개를 홱 돌렸다.

"……."

패배의 충격이 다시금 떠오른 것일까, 단필엽의 두 눈동자가 세차게 떨렸다.

"앉으십시오."

자연스럽게 단필엽을 상대하는 윤.

아무리 서열에 얽매임이 없는 윤이라지만, 단필엽은 엄연히 중전의 상급무사였다.

그 직책도 낮지 않아 철혈검대 사조장의 직책을 가지고 있었다.

"……."

그런데 단필엽의 반응이 놀라웠다.

윤의 행동에 전혀 불쾌한 기색을 보이지 않았다.

"……."

마주 앉은 두 사내.

그렇게 잠시 침묵이 흘렀다.

"당신을 찾아가라 하더군요."

"누가 말인가?"

단필엽이 되물었다.

경합의 패배 이후 단 한 마디도 꺼내지 않던 단필엽이건만.

"가주께서……."

윤의 짧은 대답에 단필엽의 어깨가 부르르 떨렸다.

"미, 믿을 수 없다."

"믿고 안 믿고는 당신 마음입니다. 전 그저 가주와의 약속을 지켰을 뿐입니다."

윤이 심드렁한 표정으로 말했다.

하지만 그와 반대로 단필엽은 풀리지 않는 혼란에 휩싸였다.

"지금껏 모두를 속인 것인가?"

"그럴 수도 아닐 수도 있겠지요. 그것이 그리 중요한 것입니까?"

윤이 애매모호하게 대답했다.

"제게 할 말이 있는 걸로 아는데, 없습니까?"

윤이 물었다.

단필엽의 표정은 여전히 불신감에 젖어 있었다.

"없으면 그만 일어나겠습니다."

윤이 더 이상 할 말이 없다는 듯 자리를 털고 일어났다.

그런 그를 빤히 쳐다보다 단필엽이 어렵게 입을 열었다.

"아직 할 말이 남았다. 앉아라."

"……."

"대신 몇 가지 물어볼 게 있다. 대답해 줄 수 있겠나?"

"뭐든지 물어보십시오."

"그 약속이 무엇인가?"

단필엽이 윤의 두 눈을 똑바로 직시하며 물었다.

그 대답에 한 점 거짓도 담지 말라는 경고처럼 보였다.

"무상류."

윤이 짧게 대답했다.

그리곤 다시 입을 열었다.

"무상류로 그대를 꺾으라 하셨습니다."

"또……."
"찾아가라더군요."
짧은 문답이 오갔다.
'이, 이걸 어찌 믿으란 말인가.'
단필엽의 심장이 크게 들썩였다.
순간 단필엽의 머릿속으로 무진강이 죽기 전 그날이 떠올랐다.
그 모습, 그 음성이 아직도 귓가에 생생했다.

"무상류를 펼치는 자, 그가 바로 나의 후인이며……."

지금껏 그를 기다렸다.
그런데 그토록 기다리던 사람이 철혈무가의 천치 바보라니.
단필엽은 그 사실을 믿을 수 없었다.
이럴 수는 없었다.
누구일지 모를 그는 분명 영웅이어야 마땅했다.
단필엽은 그 영웅을 기다렸다.
철혈무가를 다시 일으켜 세울 그 영웅을 손꼽아 기다렸던 것이다.
그런데,
"후후, 실망하는군요. 이미 지난 일인데 너무 연연할 필요는 없습니다. 말했듯 약속 때문에 찾아온 것뿐입니다. 당신을 구속할 마음은 추호도 없습니다. 그 점이 고민이라면 걱정할 필요 없습니다. 어차피 기대도 안 했으니까."

윤이 단필엽의 속내를 정확히 꿰뚫었다.
"왜 지금껏 바보라 멸시를 당하며 살아왔던 것인가?"
단필엽이 참았던 궁금증을 털어놓았다.
"살아야 했으니까, 살아야 할 이유가 있었으니까. 바보가 아니었다면 이미 죽었을 테니까. 이것이 제 대답입니다."
윤이 아무렇지도 않다는 듯 말했다.
이 모두가 이미 준비된 안배였다면 희대의 사기라 해도 과언이 아니었다.
"대답이 되었습니까?"
윤의 물음에 단필엽은 아무런 대꾸도 하지 못했다.
"……."
갑자기 무거운 침묵이 찾아들었다.
"시간을 다오."
한참을 고민하던 단필엽이 마침내 입을 열었다.
"그러지요."
짧은 한마디를 끝으로 윤이 일어섰다.

*　　　*　　　*

석식을 마친 가오성이 월하정 한구석을 어슬렁거렸다.
다른 이들은 모두 석식을 마치고 별채로 들었건만 그는 아직 그러질 못했다.
"……."
이리 왔다 저리 갔다 검지를 입에 물곤 안절부절못하는 모습이었다.

해는 이미 저물어 어둠이 내리고 있었다.

"헛!"

가오성이 헛바람을 들이켜곤 냅다 몸을 숨겼다.

그런데,

"……?"

분명 저쪽에서 무언가 소란이 일었는데, 소은이 아미를 살짝 찡그리곤 사박사박 걸음을 옮겼다.

"거기서 뭐 해요? 금방 먹었는데 또 배고파요?"

"커험!"

가오성의 입에서 어색한 헛기침이 터져 나왔다.

"아, 아가씨께서는 잘 계시지?"

"좀 전에 봤잖아요."

"그랬나?"

가오성이 애꿎은 코를 매만졌다.

그 모습에 소은이 고개를 갸우뚱거렸다.

"아저씨, 이상하다."

"뭐, 뭐가?"

"혹시……"

소은이 검지로 도톰한 입술을 톡톡 건드리며 눈을 가늘게 찢었다.

"뭐, 뭐가?"

가오성이 뭐 마려운 강아지마냥 안절부절못했다.

"푸훗!"

소은이 두 손으로 입을 가리곤 킥킥 웃음을 터뜨렸다.
순간 가오성의 얼굴이 벌겋게 달아올랐다.
'아, 쪼, 쪽팔려.'
창피해 미칠 지경이었다.
'적위 이 새끼 말을 듣는 게 아닌데. 썅!'
속에서 욕이 절로 터졌다.
소은을 생각하는 가오성의 안타까움을 보다 못한 노적위가 한마디를 툭 던졌는데,
그것이 바로 용기를 내라는 말이었다.
여자는 용기있는 남자를 좋아한다나 뭐라나.
그 말에 혹해 용기를 낸 것인데.
용기는커녕 쥐구멍에라도 숨고 싶은 심정이었다.
"아저씨, 령령 언니 좋아하는구나? 어쩐지 자꾸 아가씨 근처를 맴돌더라니."
'허억!'
가오성이 내심 커다란 헛바람을 들이켰다.
령령이라니? 당치 않은 소리였다.
그랬기에 당장에라도 손사래를 치고 싶었다.
령령이 아니라 난 너만 좋아한다고 용기있게 소리치고 싶었다.
그런데,
"어? 어, 어……."
자신도 모르게 더듬거린 한마디.
"흠흠! 여자인 내가 봐도 령령 언니가 좀 예쁘긴 하죠."

소은이 고개를 끄덕이며 중얼거렸다.
'아니, 네가 훠, 훨씬, 훨씬 더 예쁘다.'
"험험!
가오성이 애써 말을 삼키며 헛기침을 했다.
그 모습을 오해한 소은이 키득거리며 까치발을 하곤 가오성의 귀에 대고 속삭였다.
순간 순진한 가오성의 심장이 쿵쾅쿵쾅 뛰었다.
"살짝 불러 드릴까요?"
소은의 입김이 그대로 가오성의 귓속으로 파고들었다.
순간 가오성의 몸이 딱딱하게 굳어졌다.
아무런 생각도 나지 않았다.
이대로 그냥 시간이 멈췄음 하는 바람뿐이었다.
"왜요? 퇴짜 맞을까 봐 겁나요? 있잖아요, 여자는요, 용기없이 뒤에서 궁상떠는 남자보단 앞으로 당당히 나서는 용기있는 남자를 좋아한데요. 한 번 퇴짜 맞으면 뭐 어때요. 다음에 또 고백하면 되지. 열 번 찍어 안 넘어가는 나무 없다고 하잖아요."
여전히 가오성의 귀에 대고 속삭이는 소은.
소은이 지금 뭐라고 말하고 있는 것일까.
가오성은 아무런 소리도 들리지 않았다. 그저 그녀의 입김만 느껴질 뿐이었다.
"힘내세요. 아저씬 충분히 할 수 있어요. 명색이 월하정의 호위무사인데 대체 뭐가 겁나요?"
탁탁!
소은이 가오성의 등을 토닥토닥 두드리며 용기를 심어주었다.

"잠깐만 기다려요. 킥킥!"
소은이 키득거리며 이내 자리를 떴다.
멀어져 가는 소은을 가오성이 멍한 시선으로 바라봤다.

"……?"
령령이 탁 풀어진 동공으로 축 늘어진 가오성을 바라봤다.
"무사님, 왜요?"
"어?"
"찾으셨다면서요?"
"누굴?"
"절요. 소은이 그러던데요."
건유운의 호출인가 싶어 부리나케 달려온 령령인데, 가오성의 상태를 보아하니,
딱 보니 척이었다.
"아직도요?"
령령이 고운 아미를 살짝 찡그렸다.
"휴우~ 입이 도저히 안 떨어져."
가오성이 커다란 한숨을 지었다.
"에휴……."
령령의 시선은 어느새 가오성이 만지작거리는 장신구로 향해 있었다.
너무나 예쁜 장신구였다.
노적위가 얼마나 신경 썼는지 한눈에 느낄 수 있을 정도였다.
"후훗!"

가벼운 한숨을 짓다 갑자기 웃음 짓는 령령.

그녀의 두 눈에 비친 지금의 가오성은 사춘기 소년의 모습과 하등 다를 것이 없었기 때문이다.

그런 령령이 여전히 미소를 지은 채 입을 열었다.

"그 마음이라면 용기를 내셔도 될 거예요. 제가 장담할게요."

* * *

늦은 밤.

한 사내가 윤의 거처를 찾았다.

사내는 철혈검대 사조장 단필엽이었고, 사내를 안내한 사람은 철혈검대 육조장 필보경이었다.

"……."

둥근 탁자 위에 놓인 찻물은 이미 싸늘하게 식어버렸다.

어찌 입을 열어야 할까.

침묵한 지 꽤 되건만 단필엽은 쉽사리 입을 열지 못했다.

필보경 또한 마찬가지였다.

아교가 칠해진 듯 그들의 입은 굳게 닫혀 있었다.

"……."

그들을 바라보는 윤의 표정은 무심할 정도로 담담했다.

굳이 먼저 입을 열고 싶진 않았다. 어쨌든 자신은 무진강과의 약속을 지켰기에.

"가주의 무상류를 익혔느냐?"

월하정의 호위무사가 된 필보경이 지루한 침묵을 깨며 마침내 입을 열었다.
"그렇습니다."
심드렁한 대답.
하지만 윤의 눈빛은 살아 있었다.
"그것을 우리가 어찌 믿을 수 있을 것이며, 너는 그것을 어찌 증명할 수 있겠느냐?"
필보경이 따지듯 물었다.
단필엽을 통해 들었지만 도무지 믿겨지지 않았다.
윤이 바보가 아니라는 사실도 놀라웠지만, 그보다 더 놀라운 사실은 윤이 무진강의 절기인 무상류를 익혔다는 것이다.
"믿으라고 강요한 적 없습니다. 굳이 증명할 생각도 없구요."
윤이 피식 웃음을 지으며 대답했다.
하지만 필보경은 꼭 확인하고 싶은 눈치였다.
"내겐 목숨보다 중요하다."
윤의 실소에 필보경의 두 눈에 불꽃이 튀었다.
만약 거짓이라면 윤의 목을 당장에라도 벨 기세였다.
"저보고 이 야밤에 검무라도 추라는 말입니까? 아니, 내가 검무를 추면 알아볼 수는 있겠습니까? 그것이 무상류인지 오합지검인지……."
윤이 나지막한 음성으로 말했다.
"……"
필보경은 대답할 수가 없었다.
생각해 보니 억지나 다름없었다.
무상류를 본 적이 없는데 자신이 어찌 무진강의 무상류를 알아볼 수 있단 말인가. 그런데 증명이라니.

"왜 말이 없지요?"

윤이 침묵하는 단필엽에게 물었다.

"믿기 때문이다."

고민을 떨쳐 낸 단필엽이 짧게 대답했다.

"뭘 믿는다는 겁니까?"

윤이 다시 물었다.

"너의 말을."

또다시 짤막한 대꾸가 흘렀다.

하지만 두 사내 간에 수많은 대화가 오간 느낌이었다.

"사조장, 지금 그걸 말이라고 하는가?"

필보경이 단필엽의 경솔함을 꾸짖었다.

하지만 단필엽의 표정엔 이미 단단한 결심이 어려 있었다.

"제 말을 믿으면?"

윤이 필보경은 안중에도 없다는 듯 단필엽에게 또다시 물었다.

"철혈검대를 움직이지."

"사조장!"

필보경의 언성이 높아졌다.

단필엽이 꺼낸 말 속에 담긴 의미가 너무도 엄청났기 때문이다.

엄연히 철혈검대를 이끄는 철혈검대장이 존재하거늘 철혈검대를 움직이겠다니.

이는 역모를 꾀하겠다는 말과 하등 다를 것이 없었다.

아니, 이는 분명 역모였다.

지금 철혈무가의 모습이 마음에 들지 않는 건 필보경 또한 마찬가지였다.

그렇다고 역모라니……

"철혈무가를 적으로 돌리겠다는 말인가?"

필보경의 검미가 크게 꿈틀거렸다.

철혈무가를 적으로 돌린다면 골육상잔의 비극을 피할 수 없었다.

그것만은 절대 불가했다.

"철혈검대는 철혈무가를 위해 존재할 뿐입니다. 내게 있어 이곳은 더 이상 철혈무가가 아닙니다."

"사조장, 지금 제정신으로 하는 말인가?"

결코 꺾이지 않을 것 같은 단필엽의 음성에 필보경의 얼굴에 검은 먹구름이 깔렸다.

"예전에도 지금도, 아니, 앞으로도 이 마음은 변함없을 것입니다."

"저 바보가 가주의 무상류를 익혔는지 어찌 믿을 수 있을 것이며, 또 어찌 증명할 수 있단 말인가?"

필보경이 여전히 불신 가득한 표정으로 물었다.

"저 또한 증명할 순 없습니다. 하지만 믿습니다. 아니, 믿고 싶습니다. 왜인 줄 아십니까? 저들에게 놀아나는 철혈무가를 더 이상 지켜볼 수 없기 때문입니다. 이대로 철혈무가가 사라지는 걸 더 이상 지켜볼 수가 없기 때문이란 말입니다."

"그렇다고 어찌……"

필보경은 말을 이을 수 없었다.

그의 심정 또한 단필엽과 하등 다를 것이 없었기 때문이다.

어디 그뿐일까.

철혈검대원 대부분의 심정 또한 그와 같다 할 수 있었다.

겉으로야 대부분이 염화탁의 중전으로 포섭되었다지만, 그들의 자존심과 본심만큼은 결코 그렇지 않았다.

단필엽 또한 중전의 인물이 되어 염화탁의 수족 노릇을 한 지 오래였지만, 그것은 철혈검대를 지켜야만 했기에 어쩔 수 없이 선택한 길이었다.

단필엽은 묵묵히 기다리고 있었다, 무진강의 무공을 물려받은 후인이 나타날 그날만을.

"너의 답변을 기다리고 있겠다. 나 또한 약속을 지켰으니 이젠 또다시 네가 약속을 지킬 차례다."

第十一章 북호저을 비질하다

수호무사

혈인이 된 곽한이 목까지 차오른 숨을 꾹 눌러 참으며 무섭게 내달렸다.
 어떻게든 살아남아야 했기에 그의 마음은 다급할 수밖에 없었다.
 혁령과의 사투, 그리고 원령과 적여림의 가세.
 절망적인 싸움이었다.
 전력을 다했건만 역부족이었다.
 물론 도주를 염두에 둔 싸움이었지만, 참담한 결과는 변하지 않았다.
 아마 도주를 포기하고 끝까지 싸웠다면 벌써 싸늘한 주검으로 변했을 일이다.
 강했다.

직접 몸으로 경험하니 간담이 서늘할 정도였다.
마령도 강했지만 정작 무서운 자는 적여립이었다.
만약 그의 면장을 피하지 못했다면 도주 또한 꿈도 꾸지 못할 일이었다.
"……."
시야가 점점 흐려졌다. 의식이 점점 사라진다는 의미였다. 하지만 이대로 쓰러질 순 없었다.
"……."
추적은 집요했다.
혼신의 힘을 다했음에도 저들의 추적을 완전히 따돌리지는 못했다.
도움을 요청할 때라곤 단 한 군데도 없었다. 그렇기에 이제는 결정을 내려야만 했다.
순간 곽한의 눈빛이 번쩍 빛났다.

고풍스런 내실.
벽에 가득 걸린 서화와 곳곳에 자리한 장식품들이 꽤나 귀해 보였다.
"아직도 깨어나지 않았느냐?"
미염이 곧게 자란 선풍도골의 노인이 내실로 들어서며 말했다.
"오셨습니까, 아버님."
"되었다. 그냥 앉아 있거라."
양두익이 일어서려 하자 양시검이 주름진 손을 까닥이며 그를 만류했다.

"아무리 봐도 처음 보는 얼굴이거늘. 정말 의문스럽습니다. 대체 무슨 생각으로 본 문의 담을 넘었을까요?"

양두익이 고민스런 표정으로 물었다.

"살고 싶었던 게지. 달리 이유가 있겠느냐?"

"으음……."

그럴 수도 있지만, 양두익의 표정은 좀처럼 펴지질 않았다.

"모진 게 사람 목숨이라더니, 그 삶이 무척 험난했나 보구나. 그래도 다행이다. 하늘이 이렇게 도왔으니."

"그 정체도 불분명한데 과연 잘하는 일인지 걱정입니다."

"이자가 악적이었다면 아마도 이자를 쫓던 자들이 본 문의 문을 두드렸을 게다. 한데 아직까지 본 문의 문을 두드리는 자가 없는 것을 보면 악적은 아닌 듯 보이는구나. 어쨌든 이것도 인연이라면 인연이니 정성을 다하는 게 옳지 않겠느냐."

삶의 연륜이 묻어나는 음성이었다.

"지당하신 말씀입니다, 아버님."

"혹 모르는 일이니 본 문의 경계에 좀 더 신경을 쓰는 것이 나을 듯하구나."

"이미 제자들에게 일러두었습니다."

"그것참 잘했구나."

* * *

먼지만 가득했던 곳인데 윤이 반들반들했다.

이제는 제법 집무실 태가 났다.
하긴 얼마나 쓸고 닦았던가.
무유화의 관심 또한 얼마나 컸던가.
여인의 손길이 닿아 그런지 곳곳에 어여쁜 장식품들이 놓여 있었다.
그 분위기가 화사하단 말과 딱 어울렸다.
"……."
내실의 분위기와 달리 무거운 적막이 흘렀다.
분위기를 이끄는 사람은 윤이었다.
"왜 자꾸 감추려고 하는 것입니까?"
윤이 탁자로 시선을 내리깐 채 물었다.
"무엇을 말씀하시는지?"
건유운이 모르는 척 되물었다.
"할아버지가 계신 곳을 알고 있잖습니까. 왜요? 또 모른다고 잡아떼려 하십니까?"
윤이 두 눈을 슬쩍 치켜뜨곤 말했다.
그의 검지가 초조한 듯 탁자를 계속해서 두드렸다.
오늘만큼은 기필코 그 대답을 듣겠다는 고집이 그의 표정에 묻어 있었다.
"예, 알고 있습니다."
"그런데 왜……."
"승산이 없기 때문입니다. 아니, 자칫 영주의 목숨이 위험할 수도 있기 때문입니다."
건유운이 솔직하게 말했다.

"당신들 강하잖습니까? 무서울 정도로."

"그들 또한 강합니다."

"그럼 그땐 왜 아무 말 없이 보내줬던 것입니까?"

윤이 얼마 전의 일을 떠올리며 물었다.

"영주를 믿었기 때문입니다. 그리고 그들이 영주의 존재를 모르고 있었기 때문입니다."

"방금 전 그들이 당신들만큼이나 강하다고 하셨잖습니까. 그럼 그때 저를 보내준 것과 지금 제 발로 찾아가는 것이 대체 뭐가 다르다는 것입니까? 그땐 그들이 약했는데 지금은 강해졌다는 것입니까, 아니면 지금은 저를 안 믿는다는 것입니까?"

윤의 눈빛이 매섭게 빛났다.

"그들이 영주의 존재를 알았다면 죽음으로 영주의 길을 막았을 것입니다."

한없이 부드럽던 건유운의 표정이 엄숙할 정도로 진지했다.

"결국 그들이 저의 존재를 모르기 때문에 저를 믿었다는 말이군요. 그럼 달라진 게 없잖습니까, 그때나 지금이나."

그저 말을 앞뒤로 바꾼 것뿐인데 그 의미가 상당히 애매모호했다.

"그런데 왜 지금은 나를 막으려는 것입니까?"

"그때는 그들의 의도를 알고 있었기 때문입니다."

"그 의도가 뭐였습니까?"

"그들의 의도는 영주를 제거하는 것이었습니다. 그 임무에 투입된 조직이 적여립의 척살조였습니다. 그런데……."

건유운이 말끝을 흐렸다.

그 임무에 적령이 나타날 줄은 전혀 예상하지 못했기 때문이다.

척살조라면 윤과 가오성이 충분히 제압할 수 있는 존재들이었다.

그랬기에 윤을 보낼 수 있었던 것이다.

만약 적령이 그 임무에 투입될 걸 예상했더라면 목숨을 걸고서라도 막았을 일이다.

"마령이 나타날 줄은 몰랐단 말이군요. 천하의 마령을 다치게 했으니 이제는 저들도 저의 존재를 조금씩 의심할 것이고. 뭐 이런 말이겠군요."

윤이 건유운의 내심을 읽으며 말했다.

"얼마 전부터 부영주와 연락이 닿지 않습니다. 아무래도 부영주에게 무슨 일이 생긴 듯싶습니다."

건유운이 심각한 표정으로 입을 열었다.

"그게 뭐 어쨌단 겁니까?"

윤의 표정은 무심했다.

"저들의 시야를 흐리며 지금껏 영주의 존재를 숨겼던 이가 바로 부영주입니다."

"부영주가 저들의 눈을 가리는 첩자 노릇이라도 하고 있었다는 것입니까?"

"그렇습니다. 부영주가 바로 저들의 정보를 담당하는 밀영대주입니다."

건유운이 대답했다.

순간 윤의 표정이 딱딱하게 굳어졌다.

"왜 지금껏 그 사실을 숨기고 있었던 것입니까?"

윤이 서늘한 음성으로 물었다.

자신을 영주로 떠받들면서 모든 것이 비밀투성이였다.

고작 아는 것이라곤 자신이 어떤 존재이고 저들이 어쩐 존재인지 무진강이 알려준 단편적인 과거의 기억뿐이었다.

그 기억으론 아무것도 할 수가 없었다.

깨어난 후 듣자 하니 자신 때문에 무진강이 죽었다고 했다.

왜 자신 때문에 그가 죽었는지, 왜 그의 후임으로 자신이 선택 되었는지,

윤은 그 사실조차 모르고 있었다.

이들은 대체 무엇을 두려워하는 것일까.

윤은 궁금했다. 아니, 답답했다.

"또 그 연유가 있다 하겠지요. 아직은 말할 수 없는 그 연유가 또 있다 하겠지요. 안 그렇습니까? 후후."

윤의 입가에 얼음 같은 미소가 걸렸다.

섬뜩한 모습이었다.

"용서하십시오."

"용서? 제가 무슨 권리로 당신을 용서할 수 있겠습니까."

"영주……"

답답하기는 건유운이 더하면 더했지 결코 덜하진 않았다.

아직 때가 아니었다.

아니, 자칫 모든 걸 잃을 수도 있었다.

만약 윤이 완벽한 영주로서의 면모를 갖췄다면 모든 것을 말할 수 있을 테지만.

그가 너무 일찍 깨어난 것이 문제였다.

처음엔 하늘이 내린 기연이라 여겼다.

윤이 가지고 태어난 살성의 기운도 미약해 천운이 내려졌다 생각했다.

하지만 시간이 지날수록 살성의 기운이 강해지는 윤이었다.

본 문의 내력과 조화를 이뤄야 할 살성의 기운이건만, 오히려 살성의 기운이 본 문의 내력을 끌어안는 형국이었다.

솜이 물을 빨아들이듯 그 속도가 점점 빨라졌다.

건유운은 이 사실이 두려웠다.

모든 것을 알려주고 싶지만 그럴 수 없는 이유가 바로 여기에 있었다.

"철혈무가는 위험합니다. 더 이상 머무를 수 없습니다."

건유운이 정작 하고 싶었던 말을 꺼냈다.

"그래서요?"

윤의 음성에 한기가 넘실거렸다.

"조만간 적여립이 철혈무가를 찾을 것입니다. 그전에 움직이셔야 합니다."

"제집을 놔두고 제가 왜 움직여야 하는지 이해를 시켜주십시오."

"염부심이 마령으로 다시 태어났습니다. 조만간 철혈무가는 그들의 세력권으로 흡수될 것입니다. 부영주가 마지막으로 제게 띄운 전갈의 내용이었습니다."

* * *

"어디 갔다 오는 거유?"

가오성이 삐딱한 시선으로 이제는 월하정 호위무사가 된 정성도에게 물었다.

"내가 어디를 갔다 오든 네놈이 뭔 상관이냐? 그리고 너 이 새끼, 보자보자 하니까 이젠 뵈는 게 없냐?"

생각해 보니 열이 확 뻗쳤다.

말대꾸는 제쳐 두더라도 눈깔도 못 마주치던 놈이 사사건건 자신의 행사를 간섭하니, 마치 자신이 가오성의 수하가 된 듯 기분이 나빴기 때문이다.

"말하는 싸가지하고는. 쌍. 아직도 지가 상전인 줄 아나."

가오성이 입을 오물거리며 중얼거렸다.

"너 지금 뭐라고 했냐? 쌍!"

다른 말은 몰라도 정성도의 귓속으로 쌍 소리는 확연히 파고들었다.

"동료끼리 어디 갔다 왔냐고 묻는 것도 아니 되오?"

당연히 안 될 건 없었다.

다만 둘은 결코 동료가 될 수 없다는 것이 문제였다.

"월하정의 호위무사가 되었다고 팔자가 좀 나아졌다 생각하느냐? 아니, 무공이 좀 세졌다고 세상이 다 네 것이 된 것 같더냐? 바로 여기가 네놈의 무덤이 될 것이란 생각은 안 드느냐? 동료? 아주 지랄을 하는군. 네깟 놈과 동료가 될 일은 없을 터이니 하루라도 빨리 살길이나 도모해 보거라."

정성도가 독설을 내뱉었다.

조만간 풍비박산이 될 월하정이었으니 거짓은 아니었다.

"중전의 개가 되면 좀 오래 살려나?"

"뭐라고? 중전의 개?"

가오성의 중얼거림에 정성도의 얼굴이 순간 험악하게 일그러졌다.

"근데 말이오."

그의 표정과 기분은 안중에도 없다는 듯 가오성이 입을 열었다.

그것이 정성도의 화를 더욱 부추겼다.

"지후산은 잘 있소? 뭘 하고 지내는지 갑자기 궁금해지네? 내게 상전 노릇을 톡톡히 하다 왜 손모가지가 싹둑 잘린 그 막돼먹은 놈 말이오. 기분 같아서는 모가지를 자르고 싶었는데 그것도 인생인지라 불쌍해서 손목만 잘랐거늘……."

가오성이 껄렁껄렁한 음성으로 말했다.

하지만 정성도를 향한 그의 눈빛은 싸늘히 식어 있었다.

중전호위대 놈들치고 누구 하나 마음에 드는 놈이 없었다.

마치 염화탁과 음서서의 수족 노릇을 하기 위해 태어난 놈들 같았다.

"이, 이……."

정성도의 입술이 부르르 떨렸다.

가늘어진 그의 눈매에서 싸늘한 한기가 피어올랐다.

당장에라도 달려가 저 버르장머리없는 가오성의 주둥이를 찢어버리고만 싶었다.

하지만 두 주먹만 꽉 쥘 뿐이었다.

약자의 설움이 이런 것인가 싶었다.
갑자기 우울한 마음이 들었다.
한참 눈 아래 있던 놈에게 모욕당하고 있음에도 아무런 행동도 취할 수 없다니.
비참해도 이렇게 비참할 수가 없었다.
애초부터 약자였다면 이토록 비참하지는 않았을 텐데.
"경고 하나 하지."
"그럴 위치는 되오?"
가오성이 여전히 삐딱한 시선으로 정성도의 심기를 살살 건드렸다.
"지금 이 순간이 한없이 좋겠지. 인간 이하의 대접을 받다 영웅 대접을 받고 있으니 더없이 즐겁겠지. 하나 세상은 힘의 논리에 의해 지배되는 것이다. 무슨 연유로 네놈이 월하정과 엮였는지는 내 잘 모르겠다만, 더불어 네놈이 어떤 기연을 얻어 강해졌는지 또한 잘 모르겠다만, 네놈과 월하정은 어김없는 약자일 뿐이다. 조만간 뼈저리게 후회할 것이다. 그 목 잘 간수하거라. 조만간 쥐도 새도 모르게 사라질 테니. 후후."
정성도의 얼굴에 잔인한 미소가 걸렸다.

*   *   *

복잡한 마음이 윤의 얼굴에 고스란히 묻어났다.
그럴 때면 어김없이 북호정을 찾았다.
"……."

잡초가 무성했다.

그토록 말끔했던 북호정인데, 사람 손길이 닿지 않으니 그 모습이 어느새 폐허처럼 흉측해 보였다.

"……."

윤이 이곳저곳을 돌며 무성히 자란 잡초를 뽑았다.

의복은 벌써 땀에 젖어 축축했다.

그의 의복에 거친 흙이 여기저기 달라붙어 있었다. 하지만 윤은 아랑곳하지 않고 잡초를 뽑는 데만 열중했다.

반나절 동안 그렇게 북호정 주변을 돌며 잡초를 뽑는 윤이었다.

"휴우……."

윤이 뜨겁게 내리쬐는 햇빛을 고스란히 받으며 허리를 곧게 폈다.

주위를 둘러보니 이젠 제법 말끔했다.

"으음……."

윤이 가벼운 한숨을 내쉬었다. 그리곤 손을 탁탁 털고는 헛간으로 이내 걸음을 옮겼다.

"……."

정겨운 물건이 윤의 시야에 들어왔다.

빗자루였다.

할 줄 아는 것이라곤 비질밖에 없는 시절이 있었다. 닳아서 버린 빗자루도 헤아릴 수 없을 정도였다.

정말 땅이 닳도록 비질을 했다. 심지어 장대비가 내리는 장마철에도 비질을 했다.

모든 이들이 미쳤다고 손가락질을 해댔었다.
 하지만 북호정의 주인이었던 할아버지는 너그러운 웃음을 보여주었다.
 행여 고뿔이라도 걸릴까 도롱이까지 입혀주었다.
 그땐 몰랐다, 그의 마음이 어떤지. 하지만 이제는 알 것 같았다, 그의 안타까운 마음을.
 자신은 무엇을 그리 쓸고 싶었던 것일까.
 생각해 보니 무엇을 쓸려고 비질을 시작한 건 아니었다.
 그저 비질을 할 때면 항상 마음이 편했기에 빗자루를 들었을 뿐이다.
 왜 마음이 편했을까. 그 이유를 알 길이 없었다, 그때도 지금도.

 이제는 용혈검을 잡는 것이 더 익숙할 법도 하련만 빗자루가 손에 착 감기는 느낌이었다.
 "……."
 윤의 얼굴에 희미한 미소가 떠올랐다.
 과거의 기억이 그의 머릿속에 생생했다. 할아버지 용노야의 웃음이 귓가를 울렸다.
 스윽―
 슥슥―
 윤이 조심스럽게 비질을 시작했다.
 한 번 비질에 티끌이 싹 쓸렸다. 아니, 그의 마음속 티끌도 모조리 쓸려 나가는 기분이었다.

"……."

무유화가 조심스런 걸음으로 북호정의 문을 넘었다.

언제나 그랬듯 그녀의 곁을 령령이 지키고 있었다.

"하아……."

무유화가 가벼운 탄성을 터뜨렸다.

너무도 말끔해진 북호정의 모습에 놀란 까닭이다.

혹시 할아버지가 돌아온 것은 아닐까.

그럴 리 없음을 뻔히 알고 있으면서도 무유화의 가슴은 콩닥콩닥 뛰었다.

"……."

윤은 보이지 않았다.

분명 북호정에 있을 것이라 했는데, 뒤뜰에 있는 것일까.

무유화가 뒤뜰을 향해 걸음을 옮겼다.

"……."

무유화의 생각대로 윤은 뒤뜰에 있었다.

윤은 예전 자신이 연무장으로 사용하던 뒤뜰을 비질 중이었다.

"어쩐 일이야?"

윤이 무유화의 인기척에 허리를 펴곤 말했다.

그의 이마에 굵직한 땀방울이 송골송골 맺혀 있었다.

"갑자기 웬 비질이야?"

"그냥……."

윤이 짧게 대답했다.

하지만 그의 속마음은 '할아버지가 돌아오실지도 모르잖아'라고 말하고 있었다.
"언니, 잠시 자리 좀 피해주실 수 있죠?"
"물론입니다, 아가씨."
"감사해요."
"별말씀을……."
령령이 예쁜 미소를 지으며 말했다.
그리곤 윤을 향해 깊은 예를 취한 후 자리를 벗어났다.
"고민 있구나?"
무유화가 짧게 물었다.
어찌 없을 수 있을까.
항상 웃고 있지만 윤의 고민과 아픔이 절로 느껴졌다.
"아니. 없어."
"없긴, 있는데."
되도록이면 묻지 않으려 했다.
자신의 간섭으로 인해 혹시 윤의 행동에 지장을 줄까 걱정되었기 때문이다.
요즘 들어 얼굴에 그늘이 부쩍 많아진 윤이었다. 그것이 늘 마음에 걸렸다.
할아버지의 일 때문만은 아닌 것 같았다.
무언가 심상치 않은 일이 벌어지고 있다는 느낌을 지울 수가 없었다.
'말하기 싫으면 안 해도 돼. 난 괜찮으니까. 다만 네가 힘들어하는 모습을 보는 것이 너무 힘들고 미안해.'

무유화가 애써 미소를 지었다.
망울을 터뜨린 꽃처럼 그 미모가 화사하게 빛났다.
"한번 쓸어볼래?"
윤이 뜬금없이 물었다.
"응?"
무유화가 고운 아미를 살짝 찡그리곤 그 의미를 찾으려 했다.
"해보면 재밌어."
"한 번도 해본 적 없는데······."
빗자루를 건네받은 무유화가 어색한 표정으로 입을 열었다.
"근데 뭘 쓸지? 쓸 게 없는데. 너무 깨끗하잖아."
아무리 봐도 쓸 것을 찾을 수가 없었다.
얼마나 깨끗이 비질을 해놨던지 바닥이 반들반들할 정도다.
"그런가?"
윤이 뒷머리를 긁적였다.
"치이!"
"······."
잠시 침묵이 흘렀다.
그리고,
"건 무사님께 들었어. 할아버지가 계신 곳을 가르쳐 달라고 했다면서?"
무유화가 걱정스런 낯빛으로 조심스럽게 입을 열었다.
"응."
윤은 변명하지 않았다.
"가려고?"

짧게 묻는 무유화의 표정은 복잡했다.

늙으신 할아버지를 생각하면 당연히 윤을 보내줘야 하지만, 왠지 이번에 떠나면 다시는 그의 얼굴을 볼 수 없을 것만 같았다.

무유화는 이런 생각을 하는 자신이 매우 이기적인 여자라 생각했다. 아니라고 내심 외쳐 보지만, 결국 자신 또한 이기적인 사람일 뿐이었다.

하지만 이제는 윤이 없는 삶은 상상조차 할 수 없었다.

"……."

윤은 대답하지 않았다.

마땅한 대답을 찾을 수 없었기 때문이다.

"나 때문이라면 고민하지 않아도 돼."

무유화의 입에서 내심과 전혀 다른 말이 튀어나왔다.

예전에 아버지 무진강이 습관처럼 해준 말들을 믿지 않았다.

윤이 자신을 지켜줄 것이란 말.

오히려 자신이 바보 윤을 지켜주는 것이라 생각했다.

사실 틀린 말도 아니었다.

북호정이 사라지는 그날까지 바보 윤을 옆에서 보살펴 준 건 자신이었으니.

하지만 윤이 다시 철혈무가로 돌아오고 난 후부터는 모든 것이 달라졌다.

어떨 땐 아버지처럼, 어떨 땐 오라비처럼, 그가 곁에 있다는 사실만으로도 삶에 대한 의욕이 생겼고 힘이 샘솟았다.

모든 것을 포기한 삶이었는데, 그래서 죽고만 싶었는데 이젠 아니었다.
　윤이 돌아온 후로 모든 것이 달라진 것이다.
　그런 윤을 또다시 떠나보내긴 싫었다.
　하지만,
　"난 괜찮아, 정말 괜찮아."
　"널 두고 떠나지 않아."
　애써 담담한 척 말하는 무유화의 두 눈을 바라보며 윤이 미소를 지으며 말했다.
　그 음성에 무유화의 전신에서 힘이 쭉 빠져나갔다.
　분명 듣고 싶었던 말인데, 왜 이렇게 미안한 마음이 드는 건지. 너무 좋아 정말이냐고 묻고 또 묻고 싶은데, 이기적인 자신이 왜 이리도 미운지.
　'바, 바보⋯⋯.'
　무유화의 눈망울이 금세 물기에 젖어 촉촉해졌다.

　　　　　　　　＊　　＊　　＊

　작은 움직임에도 메아리가 퍼졌다.
　곳곳에 박힌 야명주가 빛 한 점 스며들지 않는 석실을 대낮처럼 밝혔다.
　드넓은 광장.
　그 반경이 삼십 장은 됨 직한 거대한 공간이었다.
　"⋯⋯."
　거친 숨을 토해내는 사내들.

그 숨결만큼이나 그들의 모습 또한 거칠게 변했다. 흉신악살이 이 세상에 현신한 양 흉측하게 일그러진 그들의 모습에 오금이 절로 떨릴 지경이었다.

그 수가 이, 삼십을 헤아렸다.

저벅—

거친 사내들이 조금씩 중앙의 한 사내를 향해 모여들었다.

그들의 전신에서 뿜어진 진한 살기가 온 대기를 옥죄었다. 숨이 턱 막힐 정도였다.

그 살기만으로도 온몸이 난자될 듯 엄청난 압박감이 느껴졌다.

하지만 중앙의 사내는 담담했다. 그 어떤 표정 변화도 없이 묵묵히 허공만 응시할 뿐이었다.

저벅—

그 거리가 점점 좁혀졌다.

그럴수록 한곳으로 응집된 엄청난 기운이 광풍이 되어 거친 포효를 터뜨렸다. 그리고 그 순간, 중앙의 사내가 검을 뽑아 들며 시린 미소를 지었다.

"후후후……."

우우웅—

검끝을 타고 귀기 어린 울음이 울려 퍼졌다.

마치 저승으로 가지 못한 한 많은 귀신의 귀곡성처럼.

"또 시작인가? 후후."

탁한 음성이 대지를 잔잔히 적셨다.

그 음성을 뱉은 자, 그는 슬픈 눈을 가졌다. 아린 과거를 가진 듯 더없이 슬퍼 보였다.

파앗—

짤막한 몇 마디의 말을 던진 후, 사내가 미련을 떨치듯 대지를 박찼다.

믿을 수 없게도 그 속도가 가히 번개와 같았다.

그래서일까.

그를 향해 누런 이를 드러내던 사내들의 표정이 갑자기 굳어졌다. 희멀건 흰자위를 번뜩이며 진한 살기를 피워내던 그들이었건만.

"크아악!"

한 사내의 입에서 괴성에 가까운 비명이 터져 나왔다. 그것을 시발점으로 장내는 삽시간에 아수라장으로 변해 버렸다.

지옥이라 불려도 하등 이상할 것 없는 광란의 도륙은 그렇게 시작되었다.

"후우……."

사내의 입에서 거친 숨결이 토해졌다. 끔찍한 피비린내가 사방을 진동시켰지만, 눈 하나 꿈적 않는 사내였다.

그의 표정이 무심할 정도로 착 가라앉았다.

"……."

병색이 완연했던 모습은 온데간데없다.

절맥지체를 안고 태어난 아이.

이제는 천령으로 다시 태어난 사내.

삼백 동남동녀의 어마어마한 핏물을 머금고 역천을 이겨낸 염부심이었다.

"……."

굵직한 땀방울이 그의 턱 끝을 타고 흘러내렸다.

그 곱던 손마디에 굳은살이 잔뜩 끼었다.

건드리면 부러질 듯 가녀린 몸뚱이는 어느덧 강철 같은 근육으로 덮여 있었다.

과연 이 사내를 어찌 염부심이라 할 수 있을까.

그저 놀라울 뿐이었다.

"후후후……."

염부심의 얼굴에 흡족한 미소가 매달렸다.

이 현실이 꿈만 같았다. 아니, 어쩌면 꿈일 수도 있단 생각이 들었다.

꿈에서도 그릴 수 없던 일이 자신에게 일어난 것이다.

"……."

혈맥을 타고 휘도는 강력한 기운이 짜릿하기 그지없었다.

마음 같아서는 저 석벽조차 일검에 가를 수 있을 것만 같았다. 주체하기 힘든 힘이었다.

'역천을 이겨낸 천령이라…….'

염부심의 입가에 엷은 미소가 맺혔다 사라졌다.

『수호무사』 제2권에 계속…

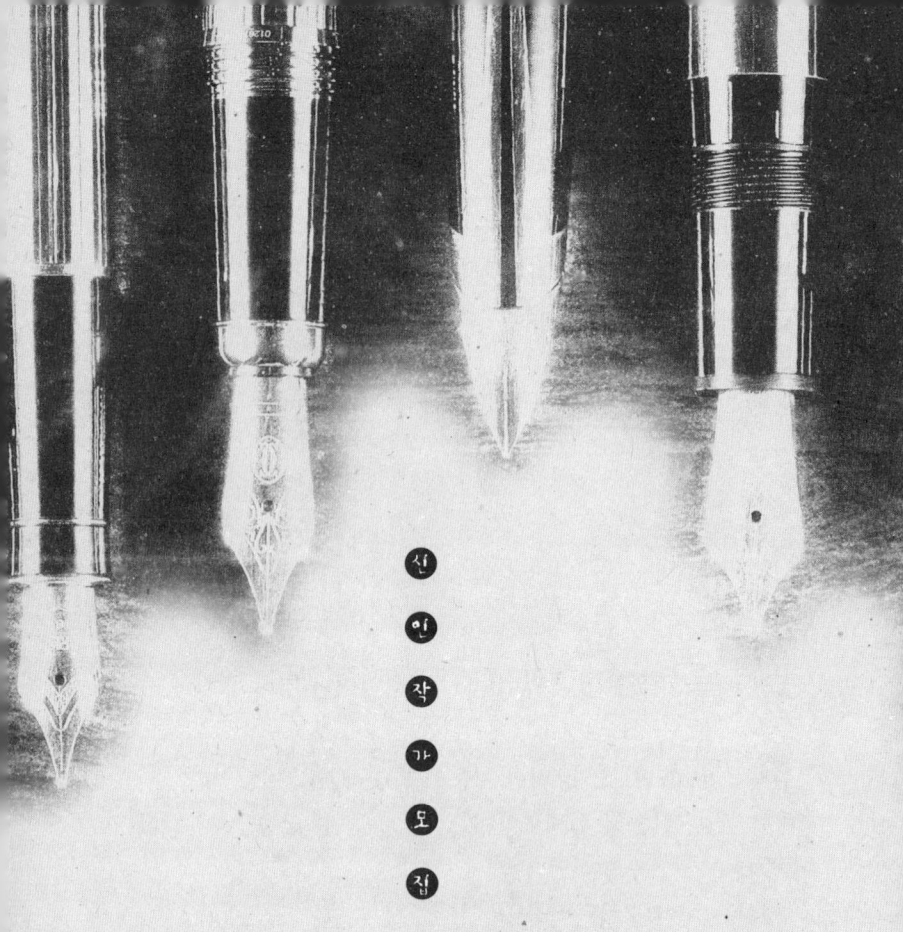

조종호 新무협 판타지 소설

十變化身
십변화신

"너는 죽는다."
"……!"

뇌서중은 자신도 모르게 번쩍 고개를 치켜들어 뇌력군을 올려다봤다.
"다시 말해주랴? 난호가 망혼곡에 들어가면 네놈은 반드시 죽는다."

비밀에 싸인 중원 최고의 살수문파 망혼곡(忘魂谷).
그곳에서 십 년 만에 돌아온 화사명은 기억을 지우고
평화로운 삶을 꿈꾸지만,
주위엔 가문을 위협하는 자들이 존재하고 있었으니……

**그의 손엔 망혼곡 삼대기문병기
용편검(龍鞭劍), 명혼기수(冥魂起手), 엽섬비(葉閃匕).
얼굴엔 서로 다른 열 개의 괴이한 가면.**

**망혼곡주 십변화신!
그가 일으키는 폭풍의 무림행!**

Book Publishing CHUNGEORAM

유행이 아닌 자유추구 -
WWW.chungeoram.com

백야 新무협 판타지 소설

醉佛狂道
취불광도

「무림포두」, 「염왕」의 작가 백야!
그가 칠 년 동안 갈고닦아 온 역작 「취불광도」!

강호 일신(一神), 검신 한담(邯鄲).
오직 검 한 자루로 무림을 지배하고 다스리는 인물.
강호를 지배하는 또 하나의 손, 또 하나의 검…….

기이한 파계승의 손에서 자란 나정은 스승과 함께 떠난 무림행에서
이십 년 전의 혈난을 만들어낸 금단의 무공을 만나게 되고……

그에게 잠재되어 있던 거대한 힘이 운명의 안배에 따라 깨어난다!

어린 동자승, 나정이 만들어가는 무림 기행!
또 하나의 전설이 이제 시작된다!

Book Publishing CHUNGEORAM

유행이 아닌 자유추구 -
WWW.chungeoram.com

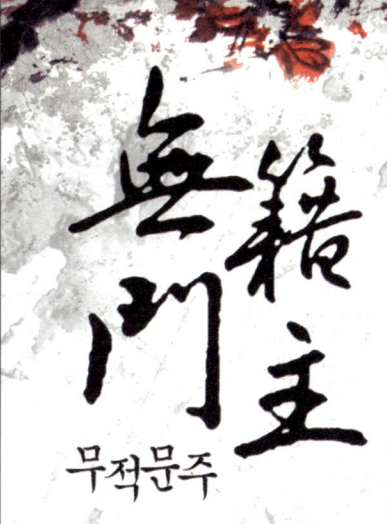

無籍門主
무적문주

눈매 新무협 판타지 소설

**강호가 혼란할 때마다 나타났던 전설의 문파
강호인들은 그들을 무적문이라 부른다.**

마도천하의 시대. 명문정파 비검문은 유일한 계승자인 설화를 보호하기 위해
표운성이라는 청년을 찾는데……

"헤헤, 돈 좀 주셔야겠는데요?"

걸핏하면 돈! 돈! 돈!
세상에서 가장 좋은 것도 돈이요, 가장 귀한 것도 돈이다.

그를 은밀히 따르는 어둠 속의 사군자(死軍者)들
서서히 드러나는 무적문의 실체

"은자의 은혜만 받는다면 나 표운성, 이루지 못할 것은 없다!"
돈에 환장한 문주가 나타났다!

Book Publishing CHUNGEORAM

유행이 아닌 자유추구 -
WWW.chungeoram.com

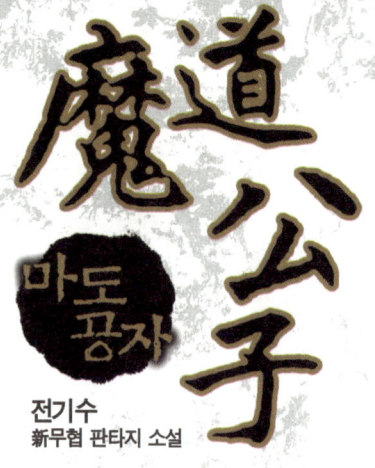

Book Publishing CHUNGEORAM

전기수
新무협 판타지 소설

**2011년 새해
청어람이 자신있게 추천하는 신무협!**

봉마곡에 갇힌 세 마두. 검마, 마의, 독마군.
몇십 년 동안 으르렁대며 살던 그들에게 눈 오는 아침, 하늘은 한 아이를 내려준다.

육아에는 무식한 세 마두에 의해
백호의 젖을 빨고 온갖 기를 주입당하면서 무럭무럭 성장한 마설천!

세 마두의 손에서 자라난 한 아이로 인해 이변이 일어나고,
파란이 생기고, 이윽고 강호에 새로운 바람이 불어온다!

**마도를 뛰어넘어 천하를 호령할
마설천의 유쾌한 무림 소요기!**

유행이 아닌 자유추구 -
WWW.chungeoram.com
Book Publishing CHUNGEORAM